KB114101

마 in 화산

용훈 新무협 판타지 소설

FANTASTIC ORIENTAL HEROES

마 in 화산 8

용훈 新무협 판타지 소설

초판 1쇄 찍은 날 § 2014년 10월 10일
초판 1쇄 펴낸 날 § 2014년 10월 17일

지은이 § 용훈
펴낸이 § 서경석

편집부장 § 권태완
편집책임 § 박가연
디자인 § 신현아

펴낸곳 § 도서출판 청어람
등록번호 § 제1081-1-89호
등록일자 § 1999. 5. 31
어람번호 § 제2-2536호

주소 § 경기도 부천시 원미구 부일로 483번길 40 서경B/D 3F (우) 420-822
전화 § 032-656-4452 팩스 § 032-656-4453
http://www.chungeoram.com
E-mail § chungeorambook@daum.net

ⓒ 용훈, 2013

ISBN 979-11-316-9237-0 04810
ISBN 978-89-251-3468-0 (세트)

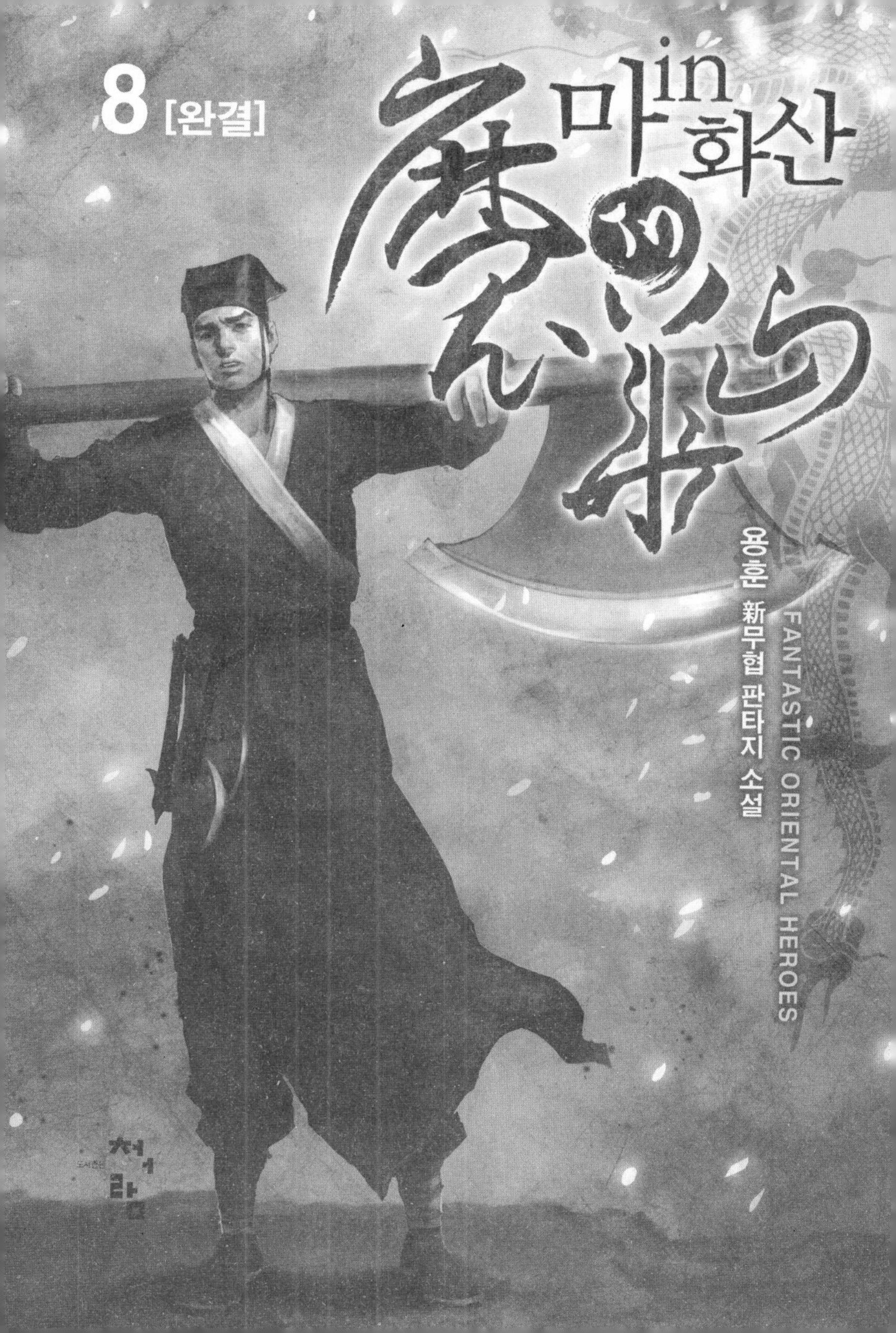
8 [완결]
마in화산
용훈 新무협 판타지 소설
FANTASTIC ORIENTAL HEROES

目次

第一章

화산파가 위치한 화음현으로 끝없는 발길이 이어졌다.

　하나같이 흉흉한 분위기를 풍기는 무리가 저마다 끼리끼리 뭉쳐 화산의 초입 벌판에 자리를 잡기 시작했다.

　그렇게 모여들고 나니 어림잡아도 수천 명을 상회하는 어마어마한 숫자였다.

　그들 각기 다른 무리는 벌판 여기저기 막사를 세우고 길게 늘어선 뒤 화산으로 오르는 산로를 봉쇄했다.

　벌판을 가득 채운 무인들과 그들이 구축한 진지까지 더해지자 천야평이라 불리는 벌판 가득하게 살벌한 전운이 감돌 수밖에 없었다.

그렇게 올려진 진지 가운데 가장 크고 화려한 막사 안에서 그 무리의 수뇌부가 회동을 시작했다.

"검성! 뭘 기다리지? 이대로 쓸어버리면 될 것을?"

얼굴에 새하얀 분칠을 한 것 같은 창백한 낯빛의 노인이 말문을 열자 그 옆의 대춧빛 붉은 얼굴의 노인이 그 말을 받았다.

"그러게 말이다. 싸우러 왔으면 일단 붙고 봐야지."

두 노인의 이죽거리는 음성에도 불구하고 검성은 차분히 탁자 앞에 놓인 찻잔을 입에 가져다 댔다.

늘 그렇듯 고고한 표정으로 차를 곁들이는 검성 엽무백, 하지만 그 눈빛에는 씻을 수 없는 원독이 가득했다.

"화산파는 그냥 미끼일 뿐이외다. 진짜 월척은 따로 있지요."

차 한 모금을 마신 뒤 기름칠을 한 듯 검성의 목소리가 부드럽게 흘러나왔다.

"흥! 듣자 하니 한 번 깨졌다고 하던데? 겁을 집어먹은 것은 아니고?"

"클클클클! 네놈이 참 오랜만에 바른 소릴 하는구나."

창백한 노인과 붉은 얼굴빛 노인이 농으로 주고받는 말에 검성의 얼굴에 찰나간 진득한 살기가 일었다가 순식간에 사라졌다.

이내 더없이 인자한 웃음을 머금는 검성의 얼굴.

"겁이 나지요. 그러니 유령곡과 혈총에 손을 내민 것이 아니겠소? 모쪼록 잘 부탁드리겠소."

검성이 공손하게 입을 열자 마주한 두 노인의 만면에 웃음꽃이 가득했다.

"크캐캘캘! 좋구나. 좋아."

"오랜만에 피 맛 좀 제대로 보겠구나."

유령곡과 혈총의 주인인 두 노인의 대화를 들으며 검성의 입가에도 옅은 웃음이 걸렸다.

"하루 이틀 더 기다리면 개방과 다른 정파 진영에서도 합류를 시작할 것이오. 그때까지 기다리며 천천히 여흥을 즐깁시다."

검성의 말에 두 노인은 해죽해죽 웃음을 지우지 못했다.

하지만 웃고 있는 두 노인을 바라보는 검성의 눈빛은 그 어느 때보다 서늘해졌다.

'네놈들은 모를 테지, 그놈의 무서움을……. 와라! 천살마군! 판은 본좌가 다 깔아놨으니…….'

*　　　*　　　*

화산파 장문인 진무의 거처 소요정 안은 무거운 적막감에 휩싸여 있었다.

진무와 마주한 장로들은 비장한 얼굴과 눈빛으로 자리를 지키며 오래도록 말이 없었다.

잠시 뒤 다급한 발소리와 함께 벌컥 하고 전각의 문이 열렸다.

안으로 다급하게 뛰어 들어온 이는 일대제자의 맏인 송자건이었다.

"현재 적도의 숫자는 삼천오백을 상회하고 있으며, 주축은 북검회, 일전에 황군에 구금되었던 동성국의 무인들도 보입니다. 또, 사파의 무리로 짐작되는 이들까지……."

"뭐? 사파?"

불쑥 끼어든 대장로 손괴의 목소리에도 불구하고 송자건은 흔들림 없는 목소리로 대답했다.

"그렇습니다, 대장로님. 제자의 눈이 틀리지 않았다면 유령곡과 혈총으로 보입니다."

"하아……."

손괴의 나직한 탄식이 안을 울렸지만 장로들의 결연한 눈빛은 변함이 없었다.

상석에 앉은 진무의 눈빛 또한 일전불사를 각오하고 있는 듯 형형한 안광으로 가득했다.

"그래, 이제 어찌했으면 좋겠습니까?"

진무의 나직한 목소리에 가장 먼저 답한 것은 셋째 장로 범중이었다.

"도리가 있겠습니까. 싸우자니 싸워야지요."

"……."

"……."

잠시 동안 장로들 모두 말이 없었다.

더불어 침묵은 점점 무거워졌다.

한참의 시간이 더 흐른 뒤 장로 유학선이 송자건을 향해 입을 열었다.

"속가의 문인들은 보이질 않더냐?"

송자건은 굳은 얼굴로 잠시 주저하다가 힘없이 고개를 내저었다.

장로들의 얼굴에도 보일 듯 말 듯 서글픔이 서렸고, 혹시나 했던 한 가닥 기대마저 버려야 함을 깨우친 장로 유학선의 얼굴이 침통하게 변했다.

하지만 그 또한 모두 예상하고 있었기에 머잖아 장로들 모두 다시 결연한 눈빛으로 되돌아왔다.

여태 태사조라 믿었던 검신과 그 제자가 천살마군이라는 희대의 살인마이며 뼛속까지 마인이라는 이야기가 온 강호에 퍼져 버린 이상, 속가문파들 역시 나설 수가 없는 상황이 되어버렸다.

마(魔)라는 이름은 그 어떤 이유로도 정파와 공존할 수 없으며 그것은 유구한 세월 동안 내려온 정도무림의 첫째 원칙과도 같은 것이었다.

죽어라 싸움을 멈추지 않는 사파무림마저도 마(魔)가 준동하면 혼비백산하여 정사연합을 구성할 정도로 마에 대한 두려움이 각인된 곳이 바로 무림이었다.

화산파를 겁박하기 위해 모인 수많은 무인들 역시 그와 같은 명분으로 왔다는 것만은 화산파에서조차 부정할 수 없는 일이었다.

그러한 모든 상황이 화산파의 편이 아님을 알기에 등을 돌린 속가를 원망할 수도 없는 것이고, 이 무거운 침묵을 깨기도 쉽지 않은 것이다.

"본산이 언제 속가 따위에게 기댔다고. 사형들은 자신이 없으시오?"

침중함에 빠진 장로들 사이로 삐죽하게 날 선 음성이 흘러나왔다.

침정궁의 신웅담이었다.

"자신이 있고 없고의 문제가 아니다. 명분의 문제이지."

장로 서림이 책망을 토해냈지만 신웅담의 목소리는 오히려 더 날카로워졌다.

"명분이라 하셨소? 지금 화산을 포위하고 있는 저들을 향해?"

"그렇다. 명분은 우리 편이 아니다……. 속았든 어쨌든 마인과 결탁했다는 것은 사실이니……."

부르르르!

탁자 위에 올려 있던 신웅담의 주먹이 거칠게 떨려왔다. 서림의 말이 정곡을 찌르고 있다는 것을 알면서도 분함이 가시지 않은 기분이었다.

그 순간 다시 진무가 나섰다.

"지난 일을 들춰 무엇할까. 지금 필요한 것은 저들을 상대하는 일인 것이지."

진무의 나직한 목소리에 잠시 흔들렸던 장로들의 눈빛이 일변했다.

진무가 그런 장로들을 둘러보며 하나하나 눈을 맞추더니 천천히 자리에서 일어섰다.

장로들이 나직하게 고개를 끄덕이자 진무는 주저함 없이 송자건을 향해 목소리를 높였다.

"제자들을 모두 집결시켜라."

"……!"

"……!"

"저들에게 보여주자꾸나. 화산파가 왜 화산파인지를!"

"넷! 장문진인!"

휙하니 신형을 돌려 나가는 송자건의 눈빛과 음성에도 장로들 못지않은 굳건한 결의가 가득했다.

*   *   *

해가 저물어가는 초저녁이 다 됐는데도 항주 포구는 수많은 선박과 타고 내리는 사람들로 넘쳐났다.

마지막 배를 타고 도착한 외지인들에다가 낙조 구경을 위해 나온 이들까지 더해지니 포구 주변은 인산인해나 다름없었다.

그런 사람 사이를 뚫고 염호와 홍화순의 걸음이 이어졌다.

배들이 빼곡하게 정박되어 있는 선착장 가운데까지 염호를 이끈 홍화순이 우뚝 멈추고 커다란 배 한 척을 가리켰다.

"이겁니다."

순간 염호의 표정이 살짝 일그러졌다.

"쯧! 이거밖에 없냐?"

색색의 연등으로 요란하게 치장된 배를 바라보는 염호의 음성에는 살짝 짜증까지 묻어났다.

"일단 먼 바다를 나갈 수 있는 배는 이것밖에 없어서……."

"끄응~! 할 수 없네."

염호가 훌쩍 뛰어 배의 갑판 위로 떨어져 내렸다.

삼 층 전각을 통째로 옮겨놓은 것 같은 크기의 배. 엊저녁까지만 해도 항주의 명물로 꼽히는 기선(技船:기녀들과 노는 배) 역할을 하던 배였다.

밤이 새도록 화려한 연등을 밝혀놓고 질펀한 술판을 벌인 흔적이 갑판 여기저기에 가득했다.

물론 염호도 아주 까마득한 옛날에 이런 배 위에서 날 새도록 부어라 마셔라 했던 적이 있었다.

그래도 막상 이걸 타고 먼 곳까지 간다고 생각하니 영 자세가 안 나오는 기분이었다.

쿵! 쿵!

살짝 발을 찍으며 갑판을 두드려 본 염호가 홍화순을 돌아본 뒤 고개를 끄덕끄덕거렸다.

아주 맘에 들진 않지만 그럭저럭 합격이란 의미였다.

포구에 남아 염호를 올려다보던 홍화순이 그때서야 주저주저하며 소리쳤다.

"진짜 이대로 가신단 말씀입니까?"

염호가 뚱한 표정으로 홍화순을 보다가 다시 풀쩍 뛰어

그 앞으로 내려섰다.

"내가 언제 헛소리하던?"

"아무리 그래도……."

"그래도는 뭐가 그래도야?"

"지금 화산파 앞에 수많은 적이……."

"일없다."

"……."

"풍파를 이겨내지 못한 나무가 어찌 싹을 틔우고 열매를 맺을까."

"……."

"나는 할 만큼 했어."

염호는 냉정하게 돌아선 뒤 처음 배를 봤을 때와는 달리 꽤 괜찮다는 얼굴을 지어 보였다.

"물질 잘하는 놈들로 구해와. 멀리멀리 갔다 올 테니까, 돈도 듬뿍 쥐여주고."

"네에……."

"아참! 그리고 귀해도에 대해 아는 놈이 있나 수소문해 보고."

"네?"

"있잖아, 귀해도. 칠대금지, 몰라?"

"압니다만. 그런데 그걸 왜……?"

"신경 쓸 거 없고. 혹시나 해서 수소문해 보라는 거야."

"네엣… 알겠습니다……."

대답을 하는 홍화순의 얼굴이 뚱하게 변했다.

화산이 무너질지도 모르는 이런 판국에 떠도는 전설 같은 일이나 신경 쓰는 염호를 보며 홍화순은 결국 포기해야 한다는 것을 깨달았다.

염호의 마음이 완전히 화산을 떠났음을 인정한 것이다.

순간 홍화순의 축 늘어진 모습을 봤지만 염호는 본 척 만 척했다.

'아무래도 찝찝하단 말이야.'

그냥저냥 넘겨 버리려 했지만 내내 뭔가 가슴이 답답했다.

죽어가면서 간절히 내뱉던 취벽의 음성들이 계속해서 귓가에 앵앵거리며 맴도는 기분이었다.

지저마궁의 심장이나, 귀해도의 환혼주 같은 낯설면서도 뭔가 계속 신경 쓰이는 단어들…….

"뭐, 못 찾으면 말고!"

*　　　*　　　*

싹둑! 싹둑!

오래도록 방치되어 있던 화원 안으로 일정한 속도의 가위질 소리가 계속해서 이어졌다.

곱디고운 손으로 잔가지와 화초를 정리해 나가는 여인의 차분한 모습 뒤로 누군가의 인기척이 느껴졌다.

"정녕 이대로 두고 보시기만 할 심산이십니까?"

"두고 보지 않으면요?"

"아가씨!"

"……."

중년 사내가 목소리를 높였지만 여인은 화원을 가꾸는 것에만 온 정신을 쏟아붓는 모습이었다.

쉴 새 없이 이어지는 여인의 가위질이 잠시 멈추고 그녀가 뒤돌아섰다.

"서 총관."

여인의 나직하지만 위엄 가득한 목소리에 중년 사내가 황급히 자세를 바로 했다.

"이 싸움에 끼어들어 용천장이 무엇을 할까요?"

"……."

"화산을 칠까요?"

"그건……."

"사파마저 규합한 북검회 편을 들기를 원하시나요?"

"하지만 이대로 두고만 보고 있다가 자칫 용천장이 들러리로 전락할 수도……."

"아니요! 두고 봐야 합니다. 이번 일은 정말 이상하거든
요."

"……?"

"그는… 그는 소림사를 치지 않았어요. 그럴 이유가 없어
요."

"넷?"

"또 소림사가 누군가의 음모나 계략 같은 것 때문에 무너
질 곳이 아닙니다."

"……."

"다른 게 있습니다. 소림을 지워 버린 무엇이……. 우리
는 그걸 생각해야 합니다."

*　　　*　　　*

염호를 태운 배는 시원하게 파도를 가르며 대해를 질주
해 나갔다.

순풍을 머금은 돛은 빵빵하게 부풀어 속도를 더했고 뱃
전에 부딪치는 파도는 새하얀 포말로 변해 눈부신 빛과 함
께 허공으로 흩어졌다.

뱃머리에 서서 불어오는 바람을 정면으로 맞고 선 염호

는 기분 좋은 바람을 맞으면서 수평선 끝자락을 바라보고 있었다.

보이는 것이라곤 온통 바닷물뿐인 망망대해의 끝을 뚫어져라 바라보는 염호. 그 눈동자가 이따금씩 옅게 흔들렸다.

배에 올라탄 선원의 숫자는 스무 명가량이나 됐지만 대부분 잔뜩 주눅이 든 상태로 염호의 눈치만 봤다.

흑회의 작은 주인인 홍화순의 윽박지름에 반 강제로 배에 탄 이들이기 때문이었다.

돈이야 벌써 두둑하게 받았다지만 대체 언제 돌아올지 모르는 긴 여정을 밑도 끝도 없고 준비도 전혀 없이 출발하게 된 그 심정들이 쉽게 추슬러지지 않는 것이다.

"저기… 공자님……?"

때마침 염호의 뒤편으로 늙은 선장의 조심스러운 목소리가 들려왔다.

"으응?"

"그러니까… 정말 이대로 서역까지 가는 겁니까……?"

선장의 목소리는 조심스러웠다.

"화순이가 그래? 서역으로 간다고?"

"그게… 그렇다고 들었지만……."

"그럼 그렇게 알고 가면 되겠네. 뭐 문제 있어?"

"그런 것이 아니고, 바다에도 길이란 게 있어서……."

"……?"

"물길을 알아야 서역을 가든 딴 곳을 가든 할 텐데…….
소인이 평생 배를 탔지만 그렇게 먼 곳까지는 가본 적이 없
습니다요……"

늙은 선장은 잔뜩 주눅이 든 채로 울상을 지었다. 그러면
서도 여전히 염호의 눈치를 살피기에 급급했다.

"귀해도를 안다며?"

"네엣?"

느닷없이 염호가 딴소리를 하자 늙은 선장이 화들짝 놀
라 목소리를 높였다.

"봤다고 그러던데? 화순이가."

"아! 그러니까 그게… 소싯적 까마득한 일이라서……."

"일단 거기까지만 가면 돼. 딴 건 신경 쓰지 말고 그때 얘
기나 좀 해봐."

"그게… 그러니까… 확실히 봤다는 건 아니고……. 벌써
사십 년도 더 된 이야기라……."

선장이 주저주저하며 더욱 눈치를 살피자 염호가 살짝
인상을 찌푸렸다.

"봤다는 거야? 아니라는 거야?"

염호의 목소리가 살짝 높아졌을 뿐인데 선장은 몸서리를
치듯 몸을 떨었다.

항주에서 물질로 먹고사는 이들에게 흑회의 존재는 관부보다 수십수백 배는 더 두렵고 무서운 곳이었다.

그런 흑회의 작은 주인 홍화순이 눈앞의 소년 앞에 서면 고양이 앞에 쥐 꼴이 되는 걸 벌써 목격한 뒤였다.

당연히 눈앞의 앳된 청년이 보통 무서운 사람이 아니란 것을 충분히 짐작하고 있는 것이다.

"봤습니다, 분명히 봤습니다."

"그러니까 뭘 봤냐고?"

"…그게 섬은 섬인데… 꼭… 거북이 등껍질 같기도 하고… 갯바위가 뭉쳐 있는 것 같기도 하고……. 하여튼 그게 물 위를 천천히 떠다니는 걸 이 두 눈으로 똑똑히 봤습니다요."

늙은 선장이 주섬주섬 말을 쏟아내자 염호의 표정이 살짝 살짝 일그러졌다.

"어디서 봤다고?"

"그러니까 거기가… 해남도에서 남쪽으로……."

"또 딴 건 기억나는 거 없어?"

"녯?"

"그냥 아무거나 귀해도에 대해서 더 아는 거 없냐고."

"……."

"일단 배나 몰아."

"에?"

"서역까진 가기 싫을 거 아니야. 귀해도만 찾으면 집에 보내준다. 그 정도면 됐지?"

"헉!"

선장의 입에서 헛바람이 담긴 신음 소리가 토해졌지만 염호는 이미 결정을 내려 버린 듯 고개를 횡하니 돌린 뒤였다.

멀뚱거리며 서서 염호의 등을 바라보는 선장의 얼굴에 황당한 기색이 가득 차올랐다.

배를 타는 이들 사이에서 백 년에 한 번씩 모습을 드러낸다고 소문이 난 전설 속의 섬이 귀해도였다.

이제는 솔직히 그걸 진짜로 본 건지 아닌 건지도 확실치 않았다.

젊은 시절 때의 뱃놈이 으레 그렇듯 자랑 삼아 신 나게 떠들고 다녔던 것이 전부였고, 그것도 무려 사십여 년 전 팔팔하던 때의 일일 뿐이었다.

그런데 그 귀해도를 찾아야 한다는 것이다.

그래야 집에 보내준다는 것이고.

'…차라리 서역을……'

입속에선 그런 말이 맴돌았지만 감히 밖으로 내뱉을 수는 없었다.

염호의 등짝에 매달려 있는 무시무시하고 커다란 도낏자루. 그것은 선장이나 선부들의 입을 꾹 다물게 할 만큼 보는 것만도 충분히 무시무시했다.

*   *   *

"아버지! 정말 이러실 거예요?"

보화전장의 금지옥엽인 화소옥의 얼굴이 흥분을 못 이기고 잔뜩 상기됐다.

반면 그녀의 부친인 금패 화중악은 떫은 감을 씹은 얼굴이었다.

"어쩔 수 없지 않느냐?"

"그걸 지금 말이라고 하세요? 우리는 화산파의 속가문하잖아요!"

"끙~! 전 무림이 본산을 물어뜯겠다고 달려드는데 한낱 상인인 이 아비가 뭘 어쩌란 말이냐?"

"최소한 북검회에 붙지는 말았어야죠! 어떻게 그럴 수가 있단 말이에욧!"

"소옥아! 이 아빠는 장사꾼이다. 지는 쪽에 줄을 댈 수는 없어."

"누가 지는데요? 대체 누가요?"

화소옥이 바짝 독이 오른 살쾡이 마냥 목소리를 높였지만 화중악은 긴 한숨부터 내뱉었다.

"하아아~ 네가 본산과 각별한 건 알지만 그래도 이번 일은 안 되는 거야!"

"하루가 멀다 하고 뻔질나게 찾아갈 때는 언제고!"

"소옥아!"

"됐어요! 아빠랑 끝이에욧!"

쾅!

화소옥이 문을 박차고 나가 버리자 화중악의 안색은 급격히 어두워질 수밖에 없었다.

아무리 괄괄한 성격에 덤벙대기 일쑤라지만 보화전장의 총관을 맡겨도 될 만큼 이재에 있어 타고난 감각을 지닌 것이 자신의 딸아이였다.

그런 딸이 지금의 상황을 판단하지 못한다는 것은 말이 되지 않는 것이다.

"휴~ 소옥이 이것아, 화산파에 있는 무엇이 그렇게 네 마음을 가져간 것이냐!"

화중악의 입 밖으로 긴 한 숨이 흘러나왔다.

딸아이의 상태가 정확히 무엇 때문인지 파악할 수 있었기 때문이다.

손익으로 계산할 수 없는 무언가, 그것이 너무나도 커 계산할 수 있는 생각마저 잠식해 버린 상태인 것이다.

천하의 상권 삼 할을 쥐고 있다는 중원 최대 거상 화중악.

그의 머릿속엔 벌써 수십 번이나 튕겼던 주판알의 계산과 답이 정해져 있었다.

"이번엔 진짜 검신이 있어도 안 되는 싸움인 것을……."

*   *   *

"가야 합니다."

"절대 안 된다!"

"가야 합니다, 사부님!"

"정녕 네가 기사멸조의 대죄를 짓겠단 말이더냐!"

단출하면서도 고풍스러운 방 안에서 터져 나온 불호령. 그 음성의 주인은 연화팔문의 문주 양산매였다.

눈에서 불길이 뿜어질 것 같은 노기를 줄기줄기 발산하는 양산매. 그럼에도 마주 선 여인 백소령의 표정엔 일말의 흔들림도 없었다.

"반드시 가야 합니다. 사. 부. 님!"

"소… 소령아……. 지금 너 혼자 가서 뭘 어쩔 수 있겠느냐……?"

"그래도 가야 합니다. 제자는 평생을 후회 속에서 살고 싶지 않습니다."

"소령아!"

양산매가 간절함을 담아 다시 한 번 이름을 불렀지만, 백소령은 머리에 죽립을 깊게 눌러쓴 채 허리를 숙였다.

조용히 방문을 나선 그녀는 잠시 걸음을 멈춘 뒤 자신의 사부를 향해 나직한 목소리를 남겼다.

"화산은 본 문의 뿌리입니다. 무엇이 어찌 되었든 그것은 영원토록 변치 않는 사실입니다……."

"……."

*　　　*　　　*

설매산장 안은 폭풍전야를 보는 듯 무거운 적막감으로 가득했다.

대연무장 한가운데 나란히 무릎 꿇고 앉은 은호청 은호열 형제, 두 사람을 바라보는 장주 은목서의 표정은 침통하기만 했다.

"정녕 둘의 뜻이 그러하냐?"

나직하게 흘러나온 은목서의 목소리는 사자검이란 그 별호와는 전혀 어울리지 않을 만큼 낮고도 우울했다.

하지만 무릎을 꿇고 바닥을 향해 고개를 푹 숙이고 있던 두 형제는 동시에 고개를 쳐들며 답했다.

"네! 아버님!"

"넷! 아버님!"

"죽을 길인 줄 알면서 진짜 가겠단 말이냐?"

다시 한 번 물어오는 은목서의 침통한 목소리에 형인 은호청이 고개를 더욱 바짝 쳐들며 대답했다.

"무인이 살고 죽는 것에 연연해선 안 된다 가르치신 것은 아버님이십니다."

"호열이 너도 같은 생각이고?"

"넵! 아버님. 형님과 저는 이미 마음을 정했습니다. 보내 주십시오."

은호열 역시 흔들림 없는 눈빛으로 대꾸하자 은목서의 눈빛이 더욱 깊어진 채 두 형제를 향했다.

과거에만 해도 하루가 멀다 하고 서로에게 칼부림을 했던 형제간이었다.

그런데 이제는 형제간의 우애가 참으로 기껍게 느껴져 밥을 먹지 않아도 배가 부르고 운기조식을 하지 않아도 힘이 넘칠 만큼 하루하루 기쁘기 한량없었다.

하지만 이제 그 형제의 우애가 설매산장의 존폐와 직결되게 생길 처지를 만들어 버린 것이다.

"이 아비는 이제 많이 늙었다."

"⋯⋯."

"⋯⋯."

"그러니 둘 중 하나는 남아 본 장을 이끌어야 하지 않겠느냐? 이대로 떠난다면 설매산장은 대가 끊길 수도 있다."

은목서의 음성에 두 형제 모두 잠시 몸을 떨었다.

하지만 그것도 찰나일 뿐, 어느새 처음 그 모습 그대로 결연한 눈빛이 된 두 형제가 차례로 말을 이었다.

"아버님, 본산이 없는데 속가가 무슨 의미이겠습니까."

"형님과 저는 함께 설매산장의 이름으로 적들과 싸울 것입니다."

은호청과 은호열의 변치 않는 의지가 은목서의 가슴을 더욱 무겁게 짓눌렀다.

"정히 그렇다면⋯⋯."

말끝을 흐린 은목서가 대청 주변에 도열한 설검대와 풍검대를 향했다.

고작 백여 명의 숫자일 뿐이지만 그들이 있어 설매산장이 산서에서 손꼽히는 가문 중 하나가 될 수 있었다.

그 설검대와 풍검대의 표정 또한 두 형제와 똑같았다.

결연한 모습과 의지, 그 누구에게서도 두려움을 찾아볼

수 없었다.

"그럼… 다 같이 가자. 다 같이……."

"……!"

"……!"

"본산이 당하면 그다음은 당연히 속가의 차례일 터……."

"……."

"……."

이제껏 힘을 잃은 듯 보였던 사자검 은목서의 등이 곧게 펴지기 시작하며 더없이 굳건한 목소리가 흘러나왔다.

그 역시 그 순간 마음을 정한 것이다.

"설매산장의 운명은 본산인 화산과 함께할 것이다."

그 단호한 목소리가 두 형제를 벌떡 일어서게 했다.

"아버님!"

"아버님!"

두 형제는 당장에라도 서로 얼싸안을 것처럼 좋아하며 기쁨을 주체하지 못했다.

눈물까지 글썽하는 두 형제. 그 모습을 깊은 눈길로 바라보던 은목서의 음성이 나직하게 흘러나왔다.

"대체 무엇이… 무엇이 너희를 이렇게까지 만들었을꼬?"

은목서에게서 나직한 음성이 흘러나오는 동안 은호청과
은호열은 서로를 바라보며 씨익 하고 웃어 보였다.

"만일 그분이 마(魔)라면……."

"…저희 형제는 차라리 마를 따를 것입니다."

第二章

화산이 위치한 화음현 주변의 분위기는 시간이 더해갈수록 흉흉해졌다.

　단순히 무인의 숫자가 점점 늘어난다는 이유 때문만은 아니었다.

　도저히 한자리에 모여 있을 수 없는 이들이 같은 편으로 뭉쳐 있기에 생길 수밖에 없는 필연적인 살벌함이었다.

　정(正)과 사(邪).

　수백 년 동안 서로 죽고 죽이며 싸워왔던 이들이 아무런 교감도 없이 어느 날 갑자기 한자리에 뭉쳤으니 분란이 생기지 않는 것이 더 이상한 일일 것이다.

백여 년 전 천사맹이란 이름을 달고 정파무림과 처절하게 싸웠던 이들이 바로 사파 무인들이다.

특유의 사이로운 기운을 여과 없이 드러내고 있는 그들의 숫자만 해도 천여 명에 달했다.

그들을 에워싸듯 넓게 진영을 펼치고 있는 정파 무림인들 입장에선 그 자체로 너무도 불편할 수밖에 없는 상황이었다.

"꼭! 저런 놈들까지 끌어들여야 했느냐?"

개방의 태상 방주 취성의 얼굴이 벌겋게 달아올랐다.

그럼에도 검성은 별로 들은 척을 하지 않았다. 다만 척 보기에도 고급스러운 찻잔에 여유롭게 차를 따를 뿐이었다.

느릿한 손동작으로 찻잔을 집어 올린 검성은 말없이 다향을 코끝으로 음미했고, 취성의 눈매와 음성은 더욱 사나워졌다.

"호랑이 사냥을 위해 승냥이 떼를 끌어들인 꼴이 아니더냐?"

취성이 답답함을 이기지 못한 얼굴로 옆구리의 호리병을 꺼내 벌컥벌컥 들이켰다.

검성은 여전히 들은 척도 하지 않고 더욱 고아한 자세로 찻잔을 코 아래에 대고 빙글빙글 돌리기만 했다.

한참을 그러다 검성의 눈길이 슬쩍 취성을 향했다.

순간 취성의 눈썹이 꿈틀했다.

"뭔 소릴 하려고?"

불만이 덕지덕지 묻어난 취성의 목소리가 이어지자 마침내 굳게 닫혀 있던 검성의 입이 열렸다.

"나를 먼저 찾은 것은 네놈이지 않느냐?"

"그거야 그자의 정체가 천살마군이라는 것을 알려주기 위해……."

"진정 그뿐이냐?"

"……."

"정히 오직 공명심 때문이냐? 강호의 안녕과 평화를 위해?"

"무슨 소릴 하고 싶은 게냐? 마(魔)가 창궐했으니 마땅히……!"

취성이 핏대를 세우며 목소리를 높였지만 검성의 입가에 서린 것은 옅은 비웃음뿐이었다.

"죽은 불성이라면 모를까, 네놈은 나와 같은 부류야."

"뭐라고……!"

"두려운 게지?"

"……?"

"화산이 두려웠던 것이 아니냐?"

"무슨 헛소리를!"

취성이 당장에라도 달려들 듯 살벌한 표정으로 눈을 부라렸지만 검성은 귓등으로도 듣지 않았다.

"개방이 영원히 화산의 그림자를 넘어설 수 없을 것 같아 보였지? 그러니 나를 찾았을 게야. 천살마군이란 명분을 쥐고……."

"이… 이놈이! 감히 나를 어찌 보고……."

부들부들 떨리는 취성을 목소리를 들으며 검성은 입에도 대지 않은 찻잔을 탁자 위에 가만히 내려놓았다.

그동안에도 취성은 아무 말도 뱉지 못하며 검성을 노려보기만 했다.

"그런 일을 하자면 저런 놈들이 필요하지."

"……."

"명분 싸움으로 설왕설래해 봐야 기껏 봉문이나 몇십 년 하면 그만일 것이다. 그사이 웅크린 화산파의 힘은 계속 커나갈 것이고……."

"……."

"일을 할 땐 말이다… 뿌리까지 뽑아야 하는 법이다. 우리끼리 죽이고 죽일 수는 없잖느냐?"

부르르르!

일순간 취성의 얼굴 전체가 경련하듯 떨렸다.

무섭도록 냉정한 검성의 속내가 온전히 전해져 온 것이
다.

그저 늙은 너구리 정도로 여겼던 검성이 어떻게 북검회
를 만들고 유지하며 그 오랜 세월을 버텨왔는지가 절절히
느껴졌다.

그러거나 말거나 검성은 찻잔을 들어 올린 뒤 한꺼번에
찻물을 목구멍으로 툭 털어 넣었다.

취성 또한 바짝 마른 입술을 적시려는 듯 호리병 주둥이
를 급히 입에 가져다 댄 뒤 벌컥거리며 독한 화주를 쏟아
넣었다.

그 모습을 지그시 바라보는 검성의 입가에 비릿한 웃음
이 걸렸다.

중원삼성이란 이름으로 묶여 있었지만 한평생 불성과 취
성의 견제 속에 살아온 것도 사실이었다.

아니, 검성의 솔직한 속내로 그간 자신을 막아온 가장 큰
걸림돌은 남도련도 용천장도 아니고 오직 불성과 취성이었
다.

하지만 지금 어떤가.

불성이 죽고 소림은 사라졌다. 취성과 개방은 이제 장기

판의 졸처럼 자신의 의지대로 움직일 수 있었다.

그러니 거칠 것이 없었다.

무엇을 행하고 무엇을 결정하든 이 강호에 지금 자신의
뜻과 의지를 방해할 무엇도 남아 있지 않는 것이다.

검성이 식은 차를 단숨에 털어 넣으면서도 내내 웃을 수
있는 이유였다.

때마침 막사 밖으로 요란스런 웅성거림이 시작됐다.

점점 그 소요가 걷잡을 수 없이 퍼지고 있음을 막사 안쪽
두 사람도 또렷이 느꼈다.

막사를 가린 휘장이 걷히며 누군가 다급한 목소리를 토
했다.

"화산파가 내려왔습니다."

*   *   *

저벅, 저벅, 저벅, 저벅……

한 사람이 걷는 듯한 일정한 발걸음 소리가 산 아래쪽으
로 묵직하게 이어졌다.

문도라고 해봐야 백여 명이 전부인 화산파, 그들이 일정
한 발걸음 소리와 함께 천야평에 모습을 드러낸 것이다.

선두는 화산파의 장문인 선광우사 장진무였다.

새로운 천하십강의 일인, 이제 선광우사란 그 별호를 모르는 무인을 찾아보기 힘들 정도로 혁혁한 무명을 날리는 존재였다.

그 화산파 장문인의 좌우로 대장로 손괴를 비롯한 장로들이 도열했다.

화산팔선(華山八仙)이라 불리는 이들, 이번 일이 벌어지기 전까지만 해도 일반 백성들에게 신선과 동격으로 존경받던 이들이 바로 장로들이었다.

그 장로들 오른쪽 끝자리에 비매절영 신응담이 자리했다.

천진벽력당을 단신으로 궤멸시킨 후 비매절영이란 별호는 화산파의 힘과 법, 그리고 엄정함과 추상같은 기도를 상징하는 이름으로 자리매김했다.

그 신응담의 반대쪽 끝에 기 사형이라 불리는 초로인이 있었다.

당대 산화무영수의 전인 기영도, 그의 무경은 앞선 장문인과 장로들에 비해서도 몇 걸음 앞에 있는 독보적인 경지였다.

그렇게 문도들을 이끌고 산을 내려선 화산파의 노도사들이 발걸음을 우뚝 멈췄다.

그 뒤를 따르던 제자들 역시 노도사들 뒤편으로 도열을 시작했다.

송자건이 이끄는 일대제자들과 조세걸과 양소호가 이끄는 이대와 삼대제자들은 익숙한 듯 자신의 자리를 찾아갔다.

얼굴에 솜털도 채 다 가시지 않은 삼대의 어린 제자들까지 결연한 눈빛으로 천야평에 응집한 무인들을 응시했다.

다 모이고 나니 무려 오천 명에 달하는 이가 각기 무리를 지어 운집한 천야평. 그 모두가 적이라는 사실을 화산파 문도들은 명백히 인지하고 있는 모습이었다.

"저것들이 돌았나?"

"키킥! 완전 애송이들이구나."

"저런 놈들이 제일 쎄? 정파도 아예 볼 장 다 봤군. 크크크큭!"

유령곡과 혈총의 무인들 사이사이에서 터져 나온 비웃음 소리가 곳곳으로 퍼져 나갔다.

담담한 화산파의 반응과 달리 오히려 정파 쪽 무인들이 격한 반응을 내보이기 시작했다.

그렇다고 누가 나서서 사파인들이 지껄이는 소리를 막지는 않았다.

그들 사파 무인들이 선봉장이라도 되는 양 화산파와 가

장 가까운 곳에 위치해 있기 때문이었다.

　미리 약속이라도 한 듯 자연스럽게 유령곡과 혈총이 화산파 도사들의 전면을 가로막았다.

　그 순간이 되어서야 검성이 밖으로 모습을 드러냈다.

　그가 손을 번쩍 들어 올리자 일순간 보이지 않은 담장이 불쑥 치솟기라도 한 듯 정파 무인들이 일제히 뒤쪽으로 물러나기 시작했다.

　자연스럽게 사파와 정파 무인들 사이로도 거리가 생겨났고 화산파와 마주 선 것은 이제 유령곡과 혈총의 무인들뿐이었다.

　유령곡의 곡주와 혈총의 주인, 두 노인의 얼굴에 음산하면서도 진득한 비웃음이 길게 서렸다.

　"흐흐흘, 한심한 것들이 아니냐."

　"케케케켈! 그러게나 말이다. 우리가 제 놈들 생각을 읽지 못했을까?"

　"크크크크클!"

　두 노인은 서로를 보며 만면에 서린 웃음을 지우지 못했다.

　검성이나 정파 쪽 딴에는 머리를 쓴다고 썼지만 이 정도 예상도 안 하고 정파와 손을 잡은 것은 아니었다.

　칼받이로 내세우든 토사구팽이든 그것은 힘 있는 쪽만이

하는 짓이다.

그리고 그 힘을 지닌 쪽이 자신들이라고 확신하는 두 사람이었다.

천사맹이 해체된 이후로 수십 년 세월 동안 변방과 새외로 떠돌아야 했던 사파 무인들의 집념은 대단했다.

그리고 이제 보란 듯이 사파가 중원에 입성했음을 만천하에 알릴 때였다.

그 첫 제물이 바로 눈앞에 나 잡아잡수쇼 하고 걸어 내려온 상황.

더 이상의 대화나 기다림 따위는 필요 없었다.

지난 세월 충분히 인내하고 참아왔기에.

두 노인의 각기 다른 목소리가 동시에 유령곡과 혈총 무인들을 향해 이어졌다.

"죽여라!"

"죽여라!"

차차차차차차차창!

기다렸다는 듯 병장기 소리가 울려 퍼지기 시작했다.

곧이어 천여 명에 달하는 사파 무림인이 일제히 화산파 도사들을 향해 내달리기 시작했다.

대화는 필요 없었다.

명분 따위를 따지는 것은 정파 나부랭이나 할 짓이었다.

또한 검성이 원한 것도 바로 그것이었다.

　서로 먼저 먹잇감을 물어뜯으려는 이리 떼처럼 지들끼리 밀치고 부딪히며 내달려 가는 유령곡과 혈총의 무인들이 마치 아귀다툼을 벌이는 것만 같았다.

　화산파 도사들에 비해 열 배가 넘는 숫자였다. 그들의 맹렬한 돌진 앞에 화산파 도사들은 그야말로 추풍낙엽처럼 쓸려 나갈 것만 같았다.

　상황이 너무도 급박하게 진행되자 뒤로 물러선 정파 쪽 무인들이 오히려 당혹스러운 얼굴을 감추지 못했다.

　마땅히 이번 사태의 선후를 가리고 선악을 분별하는 것이 먼저였다.

　거기에 징벌의 수위를 정하고 이 모든 것에 불응할 시 무력을 행사하는 것이 일의 순서였다.

　화산파가 아무리 마인과 결탁했다고 하지만 변명의 기회 정도는 주는 것이 당연했다.

　하지만 그 어떤 조율과 협상도 없이 다짜고짜 싸움이 시작된 것이다.

　정파 측 무인들이 당혹스러움을 감추지 못하는 이유였다.

　정작 동요가 전혀 없는 쪽은 화산파였다.

　누구 하나 검조차 뽑은 이가 없었다.

밀려드는 적들의 흉흉함이 목전에 닥쳤는데도 화산파 도사들은 너무나 고요하기만 했다.

살벌하게 밀려오는 적들을 두고 누구 하나 두려운 기색을 드러내는 이가 없었다.

스릉!

진무가 검을 뽑았다.

때를 기다렸다는 듯 장로들 역시 검을 뽑아 들었다.

그 순간 진무의 눈길이 신웅담과 기영도를 향했다.

신웅담과 기영도는 고개를 끄떡이는 것으로 진무에게 화답했고, 장로들 역시 모두가 천천히 고개를 끄덕였다.

진무가 검을 움켜쥔 손에 힘을 더했다.

우웅!

순간 검신을 타고 강렬한 공명이 일었다.

연이어 장로들의 검에서 아릿한 빛이 거침없이 치솟기 시작했다.

후웅! 후웅! 후우우웅!

진무를 제외한 장로들이 일제히 검강을 뽑아 올리자 그 눈부신 빛과 기세가 하늘 끝까지 뻗어 오르는 느낌이었다.

그 순간 미친 듯이 밀려오는 사파인들의 귓가가 쩌렁쩌렁 울릴 만큼의 대노한 목소리가 울려 퍼졌다.

"여기는 화산이다!"

진무가 노호와도 같은 일갈을 터뜨린 뒤 밀려드는 사파
인들을 향해 그대로 몸을 날렸다.

타앗!

수천의 군세를 향해 나아가는 단기필마의 장수처럼 진무
의 움직임엔 촌각의 주저함도 없었다.

곧이어 대장로 손괴가 그 뒤를 따랐다.

팟!

순식간에 진무의 뒤를 따른 손괴의 두 발이 진무의 어깨
까지 짚고 올랐다.

타탓!

허공으로 풀쩍 뛰어오른 손괴.

강렬한 빛줄기를 뿜어내던 그의 검에서 기함할 파공음이
터져 나왔다.

후아아아앙!

손괴의 신형을 따라 팽이처럼 휘도는 눈부신 빛의 검이
흉흉하게 밀려드는 사파인들을 아연실색하게 만들었다.

연이어 범중을 필두로 장로들이 손괴의 뒤를 따랐다.

타탁!

파팟! 파파파팟!

앞서 내달리는 진무의 등을 밟고 허공으로 치솟아오르는
장로들.

후아아아아아앙!

후우우웅우우웅!

여기저기 피어오르는 폭풍 같은 빛줄기가 흩날리는 매화 꽃잎처럼 천지를 가득 메우기 시작했다.

천여 명에 달하는 사파인이 내달리던 것마저 멈추고 일제히 움찔했다.

하늘 위로 찬연하게 빛나는 검들이 장엄하게 아로새겨졌다.

하나 정작 모골이 송연해질 정도로 소름 끼치는 소리는 지면으로부터 들려왔다.

쐐애애애애액!

진무의 신형이 지면을 휩쓸기 시작한 것이다.

아래로 늘어뜨린 진무의 검.

피핑!

그 검이 땅바닥 깊숙이 박혔다가 뽑히기를 반복했다.

피핑! 피피피피빙!

검끝이 지면을 튕길 때마다 우수수 돌 더미가 치솟으며 화살처럼 전방으로 쏟아지기 시작했다.

퍼퍼퍼퍼퍼퍼퍽!

"큭!"

"크악!"

"크억!"

전방의 사파인들이 비명과 함께 풀썩 꼬꾸라지는 그 무렵 진짜 거대한 재앙이 허공에서 휘몰아쳐 왔다.

매화팔선의 눈부신 빛의 검이 해일처럼 그들을 휩쓸기 시작한 것이다.

슈숙슈슈슈슈숙!

돌풍에 낙엽이 휩쓸리듯 사파 무인들의 잘린 몸뚱이가 사방으로 비산했다.

우후죽순처럼 휩쓸리며 쓰러져 가는 전열의 선두를 보며 사파인들은 완벽한 혼란 속에 빠져들었다.

하지만 그들 사파인보다 더욱 놀라고 당황하는 쪽은 뒤편으로 물러선 정파 무인들이었다.

그들 모두 하나같이 눈이 튀어나오고 턱이 떨어져 내릴 것 같은 얼굴을 지우지 못했다.

이전까지 강호 위에 군림하던 용천장을 화산파가 바로 이곳 천야평에서 물리쳤다는 이야기는 이미 파다하게 알려진 사실이었다.

하지만 그때와 지금은 아예 상황 자체가 달랐다.

당시의 싸움에선 누구 하나 죽어 나갔다는 이야기조차 들리지 않았다.

그저 정파 간 힘겨루기 정도에서 사태가 끝난 것이 전부였고, 약세를 보인 용천장이 물러남으로써 종결지어진 사건으로 알려진 정도였다.

하지만 눈앞의 상황은 달랐다.

피분수가 사방으로 솟구치고 잘린 팔다리는 물론이며 나뒹구는 머리통과 시체가 첩첩이 들판 위로 쌓여갔다.

지켜보는 정파인들이 후들거리는 다리를 주체 못하고 뒷걸음질 칠 수밖에 없는 이유였다.

반면 쌓여가는 시체의 숫자만큼 분노가 하늘을 찌르는 이들이 있었다.

유령곡과 혈총의 주인들이다.

"대체 뭣들 하느냐! 네놈들도 당장 나갓!"

유령곡의 주인 유사의 노기충천한 목소리가 토해지며 그의 등 뒤에 시립해 있던 이들이 바람처럼 쏘아져 나갔다.

유령십이사(幽靈十二士)라 불리는 유령곡의 핵심 고수 열두 명. 그 하나하나를 곡주인 유사가 직접 키웠으며 그들만 있으면 어지간한 문파 하나 정도는 순식간에 쓸어버릴 수 있다고 장담하는 이들이었다.

새하얀 장포로 온몸을 두른 유령십이사가 시산혈해로 변해가는 전장으로 날아가는 그때, 혈총에서도 변화가 일었다.

혈총의 주인인 사효귀 주변에 도열해 있던 이들이 일제

히 치솟아오른 것이다.

시뻘건 장포를 걸치고 있는 열 명의 사내. 혈묘십객(血墓
十客)이라 불리는 사효귀의 호위들이었다.

날아오른 혈묘십객이 허공에서 붉은 장포를 벗어 날리자
사위를 압도하는 강렬한 파공음이 터져 나왔다.

촤라라락!

후아아악!

핏빛 장포가 거칠게 펄럭이며 엄청난 속도로 전장을 향
해 날아들자 오히려 화들짝 놀라 피하기 바쁜 것은 혈총과
유령곡의 사파인들이었다.

여태 사파인들을 유린하던 화산파 장로들의 눈이 치떠지
는 순간이기도 했다.

열 개의 붉은 장포가 맹렬한 기세로 장로들을 향해 쇄도
하는 것은 물론이요, 연이어 날아드는 유령십이사와 혈묘
십객의 살기가 만만치 않음을 한눈에 느낀 것이다.

여태 불나방처럼 달려들던 사파인들이 허둥지둥 물러서
고 그 틈을 뚫고 붉은 장포들이 날아들었다.

우웅! 우우우웅!

찌이이이익! 찌지지지지직!

장로들의 검에서 뿜어진 빛이 장포를 그대로 절단 낸 것
은 그야말로 찰나의 순간이었다.

연이어 거친 쇳소리가 전장을 가득 메웠다.

철그렁! 촤라라라랑!

유령십이사의 공격이 연이어진 것이다.

그들의 새하얀 옷소매 사이에서 길게 떨어져 내린 쇠사슬과 그 끝에 매달린 주먹만 한 추(錐)가 연달아 장로들을 노리고 날아들었다.

카캉! 카카카카카카캉!

장로들의 검이 쇠사슬 끝에 매달린 추를 튕겨낼 때마다 사방에서 수많은 불꽃이 튀었고, 그 불꽃 사이로 장포를 벗어 던진 혈묘십객이 쇄도해 들어왔다.

양 주먹 끝에 삼지창 모양의 기대란 응조(鷹爪)를 낀 혈묘십객의 움직임은 날짐승 저리 가라 할 만큼 표홀하고 쾌속했다.

슈슈슈슈슉! 슈슈슈슈악!

거미줄처럼 빽빽한 유성추의 공격 사이로 이리 뛰고 저리 뛰며 날카로운 공격을 가하는 혈묘십객의 연환 공격이 잠시 동안 화산과 장로들을 연신 뒷걸음질 치게 만들었다.

그 순간 진무의 외침이 터져 나왔다.

"회(回)!"

뿔뿔이 흩어져 싸움에 임하던 장로들이 팽이처럼 휘돌며 진무를 향해 신형을 날렸다.

휘리리리릭!

만개했던 꽃잎이 모이는 듯 장로들이 진무를 향해 응집했고 그 사이에서 다시 한 번 진무의 웅후한 목소리가 터져 나왔다.

"탄(彈)!"

순간 장로들의 신형이 쇠뇌에서 쏘아진 화살처럼 엄청난 속도로 비산했다.

쐐애애애애액!

서서서서서서서석!

귀청을 찢을 듯한 소리와 함께 끔찍한 절삭음이 장로들이 지나간 자리자리 토해졌다.

직후 곳곳에서 피분수가 치솟기 시작했다.

"피햇! 큭!"

"컥!"

"크아악!"

누군가는 단발마를 뱉었지만 고작 서넛이었다. 유령십이사와 혈묘십객 대부분이 비명 한 번 지르지 못하고 몸통에 구멍이 난 채 삽시간에 널브러져 버린 것이다.

유령곡과 혈총 최강의 정예가 그야말로 순식간에 황천의 고혼이 되어버렸다.

잠시 뒤편으로 물러났던 사파 무인들은 그 자리에서 아

예 돌덩이처럼 굳어버렸다.

실로 압도적인 신위였다.

삽시간에 전의가 완전히 꺾이며 더 이상 싸워볼 엄두를 내지 못하는 사파인들이 여기저기 속출하기 시작했다.

그 순간 흩어졌던 화산 장로들이 다시 한자리로 모여들었다.

파라라라락!

갑자기 밀어닥친 전장의 무거운 침묵 사이로 장로들의 도포 나부끼는 소리만 가득했다.

장로들이 허공에서 튕기듯 신형을 비틀어 진무의 옆으로 사뿐히 떨어져 내렸다.

선광우사와 화산팔선.

그들이 담담하고도 무표정한 얼굴로 검에 묻은 피를 털어냈다.

사파 무인들은 저도 모르게 뒷걸음질 치며 부들부들 떨 수밖에 없었다.

일천 명에 달하는 사파 무인이 그 기백에 완전히 압도당해 버린 상황.

진무의 눈이 오연히 그들을 향했다.

"여기는 화산이다."

웅후하게 흘러나온 진무의 목소리가 사파의 무인들을 완

벽히 짓눌렀다.

"본 파는 그 누구라도 걸어오는 싸움을 마다하지 않는다."

연이어진 대장로 손괴의 음성에 사파인 모두가 경련하듯 떨기 시작했다.

"미친!"

"죽여주마!"

그때서야 유령곡주 유사와 혈총의 주인 사효귀가 노기충천한 목소리를 토하며 뛰쳐나왔다.

사파무림을 양분하고 있는 유사와 사효귀가 뿜어내는 살기는 무시무시했다.

그때였다.

두 사람의 코앞으로 연기처럼 솟아오른 그림자가 있었다.

퍼퍽! 퍽!

"컥!"

"크억!"

유사와 사효귀의 몸뚱이가 실 끊어진 연처럼 둥실 떠올랐다 바닥에 처박힌 뒤 퍼덕거렸다.

낚싯줄에 입이 꿰인 물고기처럼 핏물을 한가득 머금고 부들부들 떠는 두 사람의 모습에 좌중은 넋이 나가 버렸다.

유사와 사효귀는 수십 년간 사파무림의 거두로 군림해 온 절대 강자들이었다.

한천 연경산과 용천장이 그 두 사람을 경계하며 수십 년 세월 동안이나 사파무림의 준동을 막는 데 총력을 기울였을 정도였다.

그런 유사와 사효귀가 한 방에 나가떨어진 것이다.

좌중의 시선이 경악에 빠진 채 불쑥 솟아난 초로인을 향했다.

더구나 그의 행색은 화산파의 도사도 아니었다.

"암향… 표!"

상황을 지켜보던 취성의 입에서 흘러나온 목소리였다.

그 곁에 나란히 선 검성의 얼굴은 이제 표정 관리가 안 된 채 걷잡을 수 없이 떨리고 있었다.

"어쩔 셈인가? 이제 저들을……."

취성의 질책 섞인 목소리가 이어졌지만 검성은 입이 꿰매진 것처럼 아무런 말도 뱉지 못했다.

불과 몇 달 전 북검회 앞마당에서 싸운 화산파와 지금의 화산파가 완전히 달라졌다는 것을 인정해야 하는 상황인 것이다.

당시만 해도 황군이 개입하지만 않았어도 화산파를 끝장

낼 수 있었다고 믿었다.

그리고 지금은 그때보다 몇 배는 강해진 전력에다 명분까지 자신 쪽으로 넘어와 있는 때였다.

그런데 첫 시작에서 완벽히 압도당해 버린 것이다.

더구나 화산파 본산은 그저 미끼라고 여겼던 이들이었다.

천살마군이란 대어를 낚아내기 위한 미끼. 그런데 그 미끼가 너무나 사납고 흉포했다.

예상을 훌쩍 뛰어넘는 화산파의 전력에 검성의 머릿속은 쥐가 날 지경이었다.

애초부터 사파 따위에 기대한 것은 첫 교전의 방패막이며 서로서로 상잔하여 전력이 약화되는 정도였다.

그런데 눈앞의 결과가 너무 참혹했다.

끌어들인 사파인들은 전의를 완전히 잃었고 화산파의 기세는 하늘을 뚫고 오를 정도였다.

더불어 정파인들 역시 화산의 힘을 직접 보고 난 뒤 이 싸움이 결코 쉽지 않다는 것을 모두 알아채 버린 모습이었다.

그런 것들 가운데 무엇보다 신경을 거슬리는 것은 유사와 사효귀를 단번에 쓰러뜨린 초로인이었다.

이름도 없이 그저 철노(鐵老)라 불렸던 인물, 북검회 소회

림 안에 있을 때부터 늘 꺼림칙하게 여겼던 인물이었다.

그럼에도 워낙 뛰어난 검을 수시로 만들어 바치는 재주가 있어 내치지 못했던 이였다.

일전에 그가 감춰준 무공을 펼치며 화산파를 돕기 시작했을 때만 해도 이 정도까지는 아니었다.

유사와 사효귀라면 검성 본인도 천 초를 싸워야 간신히 제압할 정도의 고수라 여기는 이들인데 어떻게 그들을 단일 수에 쓰러뜨린단 말인가.

도저히 믿기지 않는 결과였다.

불과 몇 달 전, 자신의 검에 가슴을 꿰뚫렸던 이가 대체어떻게 그 짧은 시간 동안 이렇게 강해질 수 있는 것인지전혀 납득되지 않았다.

그 모든 상황이 검성을 너무나 혼란스럽게 만들었다.

정말로 무공을 단번에 증진시키는 영단이나 속성의 마공같은 것이 있는 것인지 화산파에게 되묻고 싶은 심정이 들정도였다.

"허! 이러고 있을 땐가? 뭔가 해야 하지 않나?"

취성이 더는 참지 못하고 목소리를 높이는 그때였다.

화산파 장로들의 뒤편에서 누군가 섬전처럼 뛰어나왔다.

스릉!

비매절영 신웅담이었다.

그는 기 사형 옆으로 신형을 날리며 망설임 없이 검을 뽑았다.

서걱! 서걱!

"……!"

"……!"

촌각의 망설임도 없이 신웅담의 검이 나뒹구는 유사와 사효귀의 목을 쳐버린 상황.

툭! 데구르르르.

"…….”

"…….”

너무 깔끔하게 잘려 버린 두 개의 목이 사파인들 앞을 굴러가는 소리가 또렷하게 울려 퍼졌다.

코앞에서 이를 지켜본 사파인들도, 멀찌감치 떨어진 정파 쪽 무림인들도 모두 얼음덩이가 되어버린 것은 마찬가지였다.

조금 전까지 전장을 지배한 것이 진무와 장로들이었다면 그 짧은 순간 완벽히 바뀌었다.

그곳에 자리한 모두의 시선이 오직 기 사형과 신웅담을 향할 수밖에 없었다.

수장의 목을 촌각의 망설임 없이 쳤다는 의미, 이는 타협을 불허한다는 명백한 의지였다.

"본산을 침범한 사파 따위를 살려둘 줄 알았더냐?"

신응담의 나직한 목소리가 천야평 곳곳으로 퍼져 나갔
다.

그리고 사파인들의 반응은 즉각적이었다.

"으.으.으!"

"이놈!"

"죽여랏!"

신응담과 기 사형을 향해 사파인들이 벌 떼처럼 달려들
기 시작했다.

그들 사파인들 또한 무인, 두려움보다 복수를 택할 정도
의 의기를 지닌 이들이었다.

第三章

순풍을 맞은 배는 잔잔한 수면을 가르며 먼 바다로 쉼 없이 나아갔다.

　해가 뜨고 지기를 반복하는 동안에도 늙은 선장은 배를 멈추지 않고 망망대해를 가로질렀다.

　"육지닷!"

　"해남도(海南島)가 보입니다."

　어슴푸레 여명이 밝아올 무렵 갑판이 떠들썩해지기 시작했다.

　"하아암~!"

막 잠에선 깬 듯 입이 찢어져라 하품을 길게 내뱉으며 염호가 모습을 드러냈다.

갑판 위 선부들이 흠칫하며 염호의 눈치를 살폈다.

배를 탄 며칠간 대체 뭘 하고 있었는지 코빼기도 비치지 않았던 염호가 드디어 얼굴을 비쳤기 때문이다.

때마침 늙은 선장이 기다렸다는 듯 염호 앞으로 쪼르르 달려와 머리를 조아렸다.

"섬에 배를 댈깝쇼?"

염호가 뚱한 표정으로 선장을 쳐다보다 툭 하니 한 소리를 뱉었다.

"빨리 집에 돌아가고 싶지 않아?"

"······."

"그냥 가자. 여기서 멀지 않다며?"

"그래도 남쪽으로 한 이틀은 더 가야… 식량하고 물도 거의 다 떨어지고······."

"흐음. 어느 쪽이라고?"

"넵?"

"거기, 물도(汋島)라는 곳이 어느 쪽이냐고?"

늙은 선장이 고개를 살짝 들어 올리며 염호의 표정을 살폈다.

물도는 암초 같은 작은 섬들이 다닥다닥 붙어 있는 지역으로 과거 늙은 선장이 귀해도를 목격한 곳이기도 했다.

조수의 높낮이에 따라 물 밑으로 가라앉기도 하고 또 수면 위로 삐죽 솟아 보이기도 해 물도라 이름 붙여진 군도. 그 인근은 조류가 엄청나게 거세 자칫하다간 아무리 큰 배라 해도 산산조각이 나기 일쑤였다.

때문에 어지간히 뱃길을 아는 이들은 얼씬도 하지 않는 곳, 그럼에도 어부들 사이에선 발을 끊을 수 없는 곳이기도 했다.

그 인근 해역엔 다른 바다에서 찾아볼 수 없는 진귀하고 값나가는 물고기들이 자주 잡히기 때문이다.

늙은 선장 역시 과거 일확천금을 꿈꾸며 나왔다가 거센 조류 때문에 죽을 뻔한 기억이 아직도 생생했다.

"저기 오지산을 끼고 남서 방향이니까… 저쪽 방향으로 가야 합니다요."

늙은 선장이 조심스럽게 손끝으로 먼 바다 한편을 가리키자 염호가 고개를 끄덕거렸다.

"그럼, 물이랑 식량 싣고 그쪽으로 와."

"넷?"

"왜? 돈 없어? 화순이가 여비하라고 넉넉하게 줬을 텐데?"

늙은 선장은 눈만 멀뚱멀뚱 뜨고 염호를 쳐다봤다.

염호가 무슨 소릴 하는지 전혀 못 알아들은 것이다.

같이 해남도에 들렀다 가는 것도 아니고 그쪽으로 오라니?

도무지 이해할 수 없다는 얼굴이었다.

그 순간이었다.

"으헉!"

늙은 선장의 입에서 까무러칠 것 같은 소리가 토해졌다.

보이지 않는 실을 묶어 하늘에서 잡아당긴 것처럼 염호의 몸뚱이가 허공으로 천천히 떠오른 것이다.

갑판 여기저기서 두 사람의 눈치를 살피던 선원들 역시 귀신이라도 본 것 같은 표정이었다.

강호무림의 칼밥을 먹은 무인들도 놀라 까무러치는 경지가 능공허도의 운신법인데 그런 걸 평범한 뱃사람들이 봤으니 기겁하는 표정을 짓는 것은 당연한 일이었다.

"딴생각하지 말고 얼른 그쪽으로 와라. 알았지?"

염호가 허공에 붕 떠 있는 채로 입을 뗐다.

늙은 선장이나 선원들은 미친 듯이 고개를 끄덕거렸다.

그동안 순풍을 맞은 배는 천천히 해남도 쪽을 향해 나아갔다.

공중에 머물러 있는 염호와 조금씩 멀어지는 배. 그 위에 탄 뱃사람들은 쩍 벌어진 입을 다물 수가 없었다.

그때 다시 한 번 배에 탄 이들의 눈이 뒤집힐 일이 벌어졌다.

찰랑대는 물결 위로 사뿐히 내려선 염호의 신형이 일순간 엄청난 속도로 수면을 가르기 시작한 것이다.

촤아아아아아악!

염호가 지나간 자리를 따라 엄청난 높이의 물기둥이 솟구쳤다.

순식간에 점처럼 멀어져 가는 염호.

그 뒤를 따라 치솟았던 물기둥이 흩어져 내리며 막 솟아오른 아침 햇살을 받아 부서졌다.

염호는 벌써 사라졌지만 쏟아져 내리는 물기둥의 흔적은 마치 바다를 절반으로 뚝 가르고 지난 것처럼 보였다.

배에 탄 이들이 약속이나 한 듯 꿀꺽하고 마른침을 삼켰다.

왜 무시무시한 흑회의 소방주 홍화순이 저 앳돼 보이기만 한 청년 앞에서 숨도 제대로 못 내쉬었는지 절절히 이해되는 순간이었다.

그들이 그러거나 말거나 염호는 바다를 가로질렀다.

항주에서 감숙 땅까지 수만 리 길을 고작 사흘 만에 주파한 이력을 지닌 염호였다.

그런 염호에게 배를 타고 이틀 정도 가야 하는 물길은 밥

한 끼 뚝딱 해치우고 물 한 모금 꿀꺽 마시면 끝날 거리였다.

물기둥을 치솟게 하며 바다를 가로지르던 염호의 눈에 뾰죽뾰죽 솟아난 암초 군락이 보이기 시작했다.

과연 그곳에서부터 물살이 심상치 않음이 느껴졌다.

갑자기 거칠어진 파도가 불쑥 치솟아 염호를 덮쳐 왔다.

"이크!"

촤락!

날아가던 속도를 더해 발끝으로 파도 끝을 박찬 염호의 신형이 그대로 하늘로 솟구쳐 올랐다.

순간 염호의 눈이 동그랗게 변했다.

촤아아악! 촤아아아!

위에서 내려다본 물살은 또 달랐다.

거칠고 거대한 와류가 엄청난 위압감을 풍기며 넘실거렸다.

족히 수천 장 너비는 될 듯한 엄청난 크기의 소용돌이가 암초 군락을 가운데 두고 커다랗게 휘돌고 있는 것이다.

타탁!

염호는 그 중심에 선 바위에 뚝 떨어져 내렸다. 그런 염호의 표정은 잔뜩 굳어질 수밖에 없었다.

상상했던 것 이상으로 물살이 거칠었기 때문이다.

"흐음."

낮은 콧소리를 흘리며 주변을 살피는 염호의 표정이 점점 좋지 않게 변했다.

딱히 섬이라고 부를 수 없는 곳이었다.

수백 개의 암초가 드문드문 자리한 곳, 그 사이사이 와류가 형성하는 커다란 파도가 바위를 때리며 쉼 없이 물보라를 피워 올렸다.

멀리 떨어져서 보면 바위가 사라졌다 나타났다 하는 것처럼 보이는 것이 당연했다.

"쩝, 헛다리였나?"

염호의 입가에 쓴웃음이 그려졌다.

이런 지형이라면 귀해도라고 오해하기 딱 좋아 보였다.

귀해도는 움직이는 섬, 혹은 떠다니는 섬이라고 전해져 왔다.

그런 이유로 누군가는 엄청난 고수가 진법을 설치해 놓은 섬일 것이라고 짐작했고, 또 누군가는 보였다 안 보였다 하는 모습 때문에 일만 년을 산 거북이의 등껍질을 섬으로 착각했다는 등의 이야기를 만들어내기도 했다.

하지만 어느 것 하나 제대로 밝혀진 것은 없었다.

그럼에도 염호가 귀해도의 존재를 전혀 의심치 않는 것은 다른 칠대금지가 세상에 분명히 존재하고 있음을 알고 있기 때문이었다.

그중 몇 개는 직접 가보기도 했으니 귀해도도 당연히 있을 것이라 여긴 것이다.

"하긴… 이렇게 쉽게 찾을 리가 없지."

다시 생각해 보니 참 터무니없었단 느낌을 지울 수 없었다.

멋쩍은 얼굴을 하곤 주변을 다시 한 번 횡하니 둘러보는 염호. 역시나 그저 암초 군락이 전부였다.

여기서 몇 날 며칠을 더 허비한다고 해서 뭘 발견할 수 있을 것 같지 않았다.

한 번 결정하면 뒤돌아보는 법이 없는 염호다.

시간 낭비가 무의미하다는 것을 깨달은 염호가 암초를 밟고 그대로 신형을 뽑아 올렸다.

일단은 해남도로 얼른 가서 앞으로의 일정을 다시 생각해 볼 참이었다.

배를 타고 오는 내내 생각했는데 이대로 훌쩍 중원을 떠나 버리기엔 갈수록 취벽의 마지막 말이 가슴을 찔러왔다.

이길 수 없으면 굴종하고 살라는 그녀의 힘을 잃은 목소리가 날이 갈수록 응어리가 되는 느낌이었다.

"젠장! 정말 십만대산까지 가야 되냐?!"

허공으로 치솟은 염호의 입에서 쌍소리가 튀어나왔다.

귀해도야 못 찾았다지만 지저마궁이 마교의 본거지 아래 존재한다는 사실은 이미 잘 알고 있었다.

얼마 전 옥문관 일대를 쑥대밭으로 만들었던 마령의 존재 역시 그곳에서 시작됐을 터.

거기다 또 하나 걸리는 것이 있었다. 흑제의 몸뚱이랑 묘하게 섞여 요상한 상태로 있는 귀성의 존재 역시 꺼림칙한 느낌을 지을 수가 없었다.

"쩝~! 역시 애들 때문인가……."

사실 흑제가 중원을 찜 쪄 먹든 삶아 먹든 자신과는 전혀 상관없는 일이었다.

그런데도 이렇게 신경이 거슬리고 찝찝한 이유는 오직 하나뿐이었다.

화산파, 진무, 그리고 그곳에서 연을 맺은 이들.

이젠 할 만큼 했다고 야멸차게 돌아섰으면서도 그것이 발걸음을 자꾸만 붙잡는다는 것을 알았다.

사실 검성이니 북검회니 이미 다 한 번씩 겪어봤다.

그런 정도의 것들이라면 지금 진무나 장로, 그리고 어린 제자들에게 큰 위협이 될 리 없었다.

누군가는 죽고 또 누군가는 회복하기 힘든 상처를 입는 일도 벌어지겠지만, 이는 강호 위를 살아가는 이들이라면 짊어져야 하는 숙명일 뿐이었다.

그것을 스스로의 힘으로 감당해 냈을 때 화산의 미래가 더욱 굳건해진다는 사실을 추호도 의심치 않았다.

오직 그 모든 일에 꺼림칙한 것은 흑제라는 존재뿐이었다.

화산파가 아무리 강해져도 안 되는 존재가 흑제라는 것을 너무 잘 알기 때문이다.

"아! 몰라, 몰라! 일단 가보고!"

허공으로 치솟은 염호가 신경질적으로 목소리를 높였다.

원래 생각이란 걸 많이 하는 염호가 아니었다.

그때그때 생각나는 대로, 또 마음이 원하는 대로 거부하지 않고 행하는 것이 전부일 뿐.

방향을 북쪽으로 틀었다.

해남도에 들러 항주로 배를 돌려보내고 곧장 십만대산으로 향할 생각이었다.

뭐 빠지게 내달리면 대엿새, 쉬엄쉬엄 가면 얼마나 걸릴지도 모를 곳이 마교의 본거지였다.

물론 지금 당장 그렇게까지 죽자고 달려갈 생각은 없었다. 당장 뭔 일이 벌어지는 것도 아닌데 그렇게 힘 뺄 이유가 없었다.

슈— 웅!

염호의 신형이 그대로 허공에서 쏘아지며 거칠게 요동치

는 물살 위를 가로질렀다.

힐끗 내려다본 거대한 소용돌이는 다시 봐도 장관이 아닐 수 없었다.

그때였다.

"이잉?"

염호의 신형이 갑자기 우뚝 멈췄다.

허공에 뜬 채 고개를 갸웃거리는 염호.

새하얀 포말을 그리며 요동치는 물살 사이로 뭔가 전혀 이질적인 것을 봤기 때문이었다.

염호의 눈빛과 표정이 달라졌다.

염호가 빛이 뿜어질 것 같은 형형한 눈매로 요동치는 물살을 뚫어져라 쳐다봤다.

한참을 그렇게 허공에 뜬 상태로 해수면을 노려봤지만 여전히 물살은 거칠고 포악할 뿐 어떤 변화도 없었다.

그러다 다시 표정이 변했다.

"오호라?"

순간 염호의 눈이 번뜩이며 그 입에서 무척이나 흥미롭다는 탄성이 터져 나왔다.

거친 와류가 만들어내는 포말 사이로 아주 짧은 시간 동안 물이 끓는 듯한 기포가 연달아 솟아오르는 것을 봤기 때문이다.

무언가 저 거친 와류 속에서 숨을 내쉬고 있는 것 같은 기포였다.

척!

등 뒤에 매단 패왕부를 꺼내 든 염호.

더 이상 머뭇거림 없이 염호의 신형의 그대로 물속으로 내려꽂혔다.

첨벙!

"음!"

와류 속으로 들어온 순간 염호가 숨이 턱 막히는 소리를 토했다.

예상치를 훨씬 웃도는 거친 물살이 이리저리 몸뚱이를 휩쓸기 시작한 것.

후웅!

순간 양손으로 꼭 움켜쥔 패왕부에 공력을 더하자, 염호의 몸뚱이가 잡아끌린 듯 심해로 쭉쭉 떨어져 가라앉기 시작했다.

한참을 그렇게 내려앉아 한 점의 빛도 없는 곳에 이르자 더 이상 거친 물살은 느껴지지 않았다.

다만 눈을 부릅뜨고 안광을 번뜩여도 점점 더 시야가 흐릿해져 갈 뿐이었다.

어지간한 고수라면 벌써 눈알이 튀어나오고 내장이 짓눌

려 터졌을 정도로 엄청난 수압이 더해졌지만 염호는 오직 주변을 살피는 일에 온 신경을 집중했다.

염호의 표정이 점점 일그러졌다.

기묘하게도 아무리 살펴도 헤엄쳐 다니는 물고기 한 마리가 보이지 않는 것이다.

그때였다.

부르륵! 부륵!

"……!"

암초 군락과 이어지며 융기해 있는 돌무더기 쪽에서 거칠게 기포가 올라왔다.

패왕부를 앞세운 염호의 신형이 물고기처럼 유려하게 헤엄쳐 기포가 흘러나온 쪽으로 향했다.

그리곤 여기저기 빨빨거리며 살피느라 정신없이 움직였다.

'뭐? 뭐야?'

암초 군락과 이어지는 절벽과 바다 밑을 샅샅이 뒤졌지만 보이는 것이라곤 온통 해초와 돌덩이들뿐이었다.

흐릿한 시야 속에서 한참이나 헤매 다녀 봤지만 역시나 어딜 봐도 똑같은 모습들뿐이었다.

결국 염호가 와락 인상을 찌푸렸다.

진짜 아무것도 없었다.

물고기가 아닌 이상 염호 또한 결국 점점 숨이 차가는 것은 당연한 일. 위쪽의 거친 조류를 뚫고 다시 올라갔다 내려올 생각을 하니 짜증이 솟구칠 법도 했다.

그때였다.

부륵! 부르륵! 부르르륵!

"……!"

엄청난 크기의 기포가 염호의 바로 코앞에서 쏟아져 나왔다.

혼비백산에서 하마터면 바닷물을 그대로 흡입할 뻔한 염호였다.

바로 코 앞 바위 절벽에서 뿜어진 기포.

염호의 눈이 대경실색해 번쩍 떠진 순간이기도 했다.

그리고 똑똑히 보았다.

바위가 느릿하게 입을 벌리기 시작한 것이다.

전각 몇 채를 꿀꺽 삼키고도 남을 정도로 엄청나게 커다란 입을!

구오오오오옥!

염호의 몸뚱이가 쩍 벌어진 바위 안쪽 시꺼먼 동굴 속으로 물과 함께 그대로 빨려 들어가기 시작했다.

마치 바위가 먹잇감을 빨아들이는 것 같았다.

촤아아악!

패왕부를 번쩍 치켜 든 염호의 신형이 물살을 이기고 위쪽으로 쭉 솟구쳐 올랐다.

쩌정!

바위의 주둥이에 그대로 박힌 패왕부.

고어어어어억!

비명처럼 들려오는 강렬한 파동과 함께 이번에는 물살이 염호의 몸뚱이를 바깥쪽으로 거칠게 밀어냈다.

추아아아악!

그 물살을 타고 재빠르게 입을 벌린 바위에서 멀어진 염호의 신형이 우뚝 멈췄다.

부르르르!

염호의 몸뚱이가 전율하듯 떨렸다.

무수하게 박힌 돌덩이 틈에서 입뿐만 아니라 커다란 두 개의 눈동자를 본 것이다.

어림잡아도 백 장 크기에 이를 정도로 엄청난 위압감을 풍기는 놈이 그곳에 있었다.

거대한 고래 같기도 하고 또 어찌 보면 철갑을 두른 엄청난 크기의 상어처럼 보이기도 했다.

옆구리 사이로 뻗은 네 개의 다리는 거북이라 해도 또 이상할 것이 없어 보였다.

확실한 것은 이제껏 보아온 어떤 짐승과도 다르다는 사실이었다.

대체 얼마나 오래 살아왔는지 온몸에 산호며 갯바위며 해초들이 가득한 짐승.

저런 놈이 물 위로 나왔다고 하면 움직이는 섬으로 보이는 것이 너무나 당연했다.

귀해도, 의심할 필요도 없는 귀해도였다.

후우웅!

일말의 망설임도 없이 패왕부를 치켜든 염호의 주변으로 엄청난 물보라가 일기 시작했다.

뭐가 됐든 일단 위협이 되는 놈이라면 죽이고 보자는 심산이었다.

그런데 염호가 멈칫했다.

'으응… 뭐냐?'

바위틈으로 보이는 거대한 눈이 천천히 끔뻑거리기 시작했다.

그 모습이 마치… 도살장에 끌려온 소처럼 보였다.

그것도 두려워하는 것이 아니라, 저 죽을 줄 미리 알고 담담히 기다리고 있는 늙은 소를 보는 것 같았다.

'뭐야? 이건?'

염호도 혼란스러운 감정을 떨치기 힘들었다.

일단 뭔가 찝찝하다 느끼면 그만두는 게 염호의 성격이었다.

숨도 이제 까딱까딱하니 밖으로 나가 천천히 생각해 볼 심산이었다.

패왕부를 아래로 축 늘어뜨린 염호의 신형이 바다 밑바닥까지 빠르게 떨어져 내렸다.

탁!

물컹한 바다에 닿았지만 그 탄성으로 염호의 신형이 그대로 솟구쳐 올랐다.

물살을 꿰뚫는 것처럼 치솟아오르면서도 염호의 시선은 귀해도에서 떠날 줄을 몰랐다.

그러다 다시 한 번 염호의 눈빛이 거칠게 요동쳤다.

'으잉? 쇠사슬?'

위에서 내려다보니 거대한 몸뚱이 뒤쪽에 여기저기를 꿰뚫고 나온 쇠사슬들이 거미줄처럼 늘어져 있었다.

마치 목줄이 걸린 강아지 새끼마냥 가닥가닥 이어진 쇠사슬이 멀리 군도로 이루어진 암초들의 하부에 칭칭 감겨 있는 것이다.

촤악!

물살을 뚫고 허공으로 치솟은 염호의 입에서 거친 숨소리가 토해졌다.

"푸핫!"

참았던 숨을 토한 염호가 갯바위 위로 뚝 떨어져 내렸다.

염호는 오만상을 다해 일그러진 얼굴일 수밖에 없었다.

"대체! 뭐야?"

하도 황당해서 미친놈처럼 혼잣말이 튀어나왔다. 그만큼 도저히 납득이 되지 않는 상황인 것이다.

"그러니까, 누가 저걸 잡아다 여기 묶었다는 거냐?"

그렇게밖에 설명이 안 되는데 그건 아무리 혹제라고 해도 안 될 것 같았다.

척 봐도 일이백 년 살아온 놈이 절대 아니었다.

천 년도 어림없어 보이고 만 년을 살았다고 해도 모자라 보이는 짐승이었다.

단순히 덩치로 나이를 환산할 수는 없겠지만 몸뚱이 여기저기 굳어버린 바위만 봐도 느껴지는 세월이 있었다.

"허……."

하도 황당해 한숨마저 절로 흘러나왔다.

털썩!

염호는 갯바위에 엉덩이를 깔고 앉았다.

생각을 정리할 시간이 절실한 때라는 것을 느끼는 것이다.

*　　　*　　　*

신응담이 유령곡과 혈총의 우두머리를 베어낸 직후 천야평은 아수라장으로 변해 버렸다.

굶주린 승냥이 떼처럼 화산파를 향해 달렸던 사파의 무인들은 수장을 잃어 굴복을 택하기보단 복수에 눈먼 살귀가 되기를 원했다.

하지만 그들 사파인들의 기세는 잠시뿐이었다.

그 시작은 신응담과 나란히 선 기영도였다.

새까맣게 밀려드는 사파인들을 향해 우뚝 선 기영도의 양손이 마치 아지랑이를 피우듯 너울너울 움직였다.

그 손끝을 따라 피어난 수영이 일순간 수십 개의 그림자로 변해 전방으로 폭사됐다.

퍼퍼퍼퍼퍼퍼퍽!

안광을 번뜩이며 달려들던 이들 수십 명이 그대로 뇌수가 터지고 심장이 으깨지며 꼬꾸라졌다.

일 초의 공격으로 선보일 수 있는 가장 압도적인 공격이라 해도 과언이 아닐 정도였다.

하지만 그 정도로 들끓는 사파인들의 살기를 잠재우진 못했다.

쓰러진 이들의 시신을 밟고 타 넘으며 수백의 살기등등한 이가 쇄도해 오는 그 순간, 잠시 신웅담과 기영도의 눈이 마주쳤다.

아무 말도 없었지만 서로의 마음을 확인한 듯 두 사람은 가볍게 고개를 끄덕였다.

파팟!

신웅담이 먼저 적들을 향해 신형을 날렸다.

허공에 가볍게 흩뿌린 신웅담의 검이 섬뜩한 예기와 함께 나직한 공명음을 토했다.

스릉!

츄웃! 츄츄츳! 츄츠츠츠츳!

악귀처럼 달려오던 사파인들의 목으로 연달아 붉은색 선이 그어졌다.

툭!

투둑! 툭! 투투툭!

댕강 잘린 목이 연달아 우수수 떨어져 내렸다.

촤아아아아악!

목이 떨어진 채 우뚝 선 시체들의 목에서 피분수가 하늘로 치솟아 올랐지만 누구 하나 신경 쓰는 이가 없었다.

동료의 시체와 핏물을 뒤집어쓴 사파인들은 악귀처럼 신
웅담을 향해 달려들었다.

　신웅담 또한 일말의 물러섬도 없었다.

　신웅담의 검이 번뜩일 때마다 속절없이 잘린 머리통과
팔다리가 핏물과 함께 사방으로 난무했다.

　진무나 장로들처럼 화려하고 웅후한 공력이 드러난 검은
아니지만 신웅담은 너무나 효율적으로 적들을 베어 넘겼
다.

　검 한 번에 하나씩, 신웅담이 지나는 자리로 쓰러진 시신
들이 끝도 없이 쌓여갔다.

　아직도 수백이 넘는 사파인이 그런 신웅담을 난도질할
듯 밀려드는 가운데 사파인들의 후열에서 의외의 비명이
터져 나왔다.

　우둑!

　섬뜩하게 뼈가 부러지는 소리와 함께 터져 나온 비명.

　"커억!"

　사파인들의 눈빛이 흔들리기 시작했다.

　우득! 빠드득! 빠각!

　기괴하게 뼈가 뒤틀리고 부서지고 박살 나는 소리가 전
열과 후열을 가리지 않고 곳곳에서 터져 나왔다.

　"누구냐!"

우두둑!

소리치던 사파인 하나가 목이 완전히 한 바퀴 돌았다.

꽈배기처럼 꼬인 목을 한 채 썩은 고목처럼 쓰러지는 사파 무인. 바로 옆 동료가 눈을 번뜩였지만 순식간에 목을 꺾어놓은 그림자는 벌써 연기처럼 사라졌다.

콰자작!

연이어 또 다른 쪽에서 살점이 잡아 뜯기는 섬뜩한 소리가 토해졌다.

"크아아아악!"

소름 끼치는 비명이 전장에 길게 메아리치자 사파인들의 시선이 일제히 그쪽을 향했다.

또다시 굳어지는 사파 무인들.

불쑥 솟은 시꺼먼 그림자가 동료의 심장을 맨손으로 그대로 잡아 뜯는 것을 본 것이다.

아직도 벌떡거리는 심장을 움켜쥔 그림자, 기영도가 손끝에 힘을 더했다.

콰직!

짓눌린 고깃덩이처럼 터져 버린 심장.

이제껏 살기로 번들거리던 이들 눈에 전혀 새로운 감정이 덧칠되기 시작했다.

"이… 이노옴!"

지척에 선 사파인 하나가 사슬낫을 들고 그대로 기영도의 그림자를 찍어갔다.

순간 그 손이 뱀처럼 미끄러지며 사슬낫을 휘감고 팔과 어깨를 타 넘어 그대로 목울대를 움켜쥐었다.

뚜둑!

목의 절반을 그대로 움켜쥔 기영도의 손마디가 불끈했다.

촤악!

목울대를 그대로 잡아 뜯어버린 기영도의 손.

그 살벌한 모습에 일제히 움찔하는 사파인들 때문에 다시 공간에 틈이 생겨났다.

팟!

순간 촛불처럼 사라진 기영도의 신형이 반대쪽에서 불쑥 솟아나더니 또 다른 사파 무인의 뒷덜미를 움켜쥐었다.

뚜둑!

또 하나가 휙 돌아간 목과 함께 비명도 내지르지 못하고 쓰러졌다.

저 멀리 전방에선 내달리는 족족 일검에 머리가 잘려 나가고, 후방에선 번쩍번쩍 나타났다 사라지는 이로 인해 참혹하게 쓰러지는 이가 끝도 없었다.

우두머리를 잃은 그들 사이로 필연적인 균열이 일어날

수밖에 없었다.

"으으으으!"

"도… 도망쳐!"

"사… 살…려……."

단 두 사람, 신웅담과 기영도에 의해 사파인들의 전의와 살기가 완벽히 꺾였다.

"암향표에 이어 생사응사박(生死鷹蛇搏)이라니……!"

취성의 눈이 멍하게 변한 채 오직 기영도만을 쫓았다.

그러면서도 이마엔 땀방울까지 흥건했다.

멀찌감치 떨어진 막사에서 지켜보는 것뿐인데도 마치 직접 기영도와 싸우는 듯한 느낌을 받고 있는 것이다.

소림에는 나한공, 무당에 십단금이 있다면 화산에는 생사응사박이 있다는 말이 오랜 세월 전부터 구전되어 내려왔다.

그만큼 오래된 무공이 생사응사박이란 박투술이었다.

다만 너무나 잔인하고 흉폭해 화산파 스스로 폐기시켰다는 일화만이 구전되어 오는 것이 바로 생사응사박.

매와 뱀이 싸우는 순간을 포착해 만들었다는 무공.

취성은 한눈에 그걸 알아봤다.

화산의 전설적 운신법인 암향표와 더해진 생사응사박의

위력은 지켜보는 취성의 두 주먹을 부들부들 떨게 만들었
다.

거기다 처음 선보인 무지막지한 위력의 수법은 대체 뭔
지도 알아볼 수가 없었다.

실로 수십 년 만에 마음 깊이 끓어오르는 호승심이었다.

바로 옆에서 그 꼴을 지켜보는 검성은 더욱 못마땅한 듯
완전히 일그러진 얼굴이었다.

그때였다.

쿵! 쿵! 쿵! 쿵!

지축을 울리는 엄청난 발걸음 소리가 천야평을 뒤흔들기
시작했다.

"멈춰라!"

연이어 엄청난 공력이 담긴 목소리가 난전으로 얽혀든
사파인들을 파고들었다.

그때서야 내내 일그러졌던 검성의 얼굴에 비릿한 웃음이
걸렸다.

"호? 사령신?"

사파무림을 지배했던 천사맹의 실질적인 우두머리가 바
로 사령신 장패였다.

화산 장로들 전부가 달려들었어도 어쩌지 못했던 그 괴

물이 이 절묘한 시기에 나타나 준 것이다.

당연히 검성의 입장에선 웃음이 걸릴 수밖에 없는 때였다.

하지만 그 웃음은 오래갈 수 없었다.

사령신을 뒤따라 나타난 전혀 의외의 인물.

유유자적 하늘을 날아내리는 기괴한 모습의 노인이 검성의 눈빛을 뒤흔들었다.

"요… 요천?"

第四章

"모두 물러서라 했다."

사령신 장패의 목소리에 실린 엄청난 공력이 삽시간에 천야평 전체를 숨죽이게 만들었다.

피 튀기는 싸움을 벌이던 이들도, 구경꾼처럼 지켜보던 이들도 모두 장패를 향해 시선이 집중될 수밖에 없었다.

천사맹이 유령곡과 혈총으로 갈라진 지 벌써 수십 년이 지났지만 사파인들은 그의 정체를 한눈에 짐작했다.

온몸에 돌덩이를 둘러놓은 듯은 기괴한 그 외향은 사도 무공의 정수라 칭해지는 오대사공(五大邪功) 중 오직 석화신공을 대성했을 때 생기는 현상임을 알아본 것이다.

더구나 그 석화신공으로 사파인들뿐 아니라 정파 무인들에게도 혁혁한 두려움의 대상이 되었던 존재가 바로 사령신 장패였다.

반백 년 세월이 흘러 그 얼굴을 기억하는 이는 없었지만, 최소한 그가 사령신 본인이 아니면 그 후예가 된다는 것을 의심하는 이는 없었다.

그리고 그 사실만으로 사파인들은 장패 앞에 몸을 조아릴 수밖에 없었다.

해체된 천사맹의 실질적인 주인이 바로 사령신 장패였다는 사실을 모르는 이가 없기 때문이었다.

"물러서라 했다."

연이어 다시 장패의 일갈이 쩌렁쩌렁 울려 퍼지자 사파 무인들이 서로의 눈치를 살폈다.

전의가 완전히 꺾여 버린 이들, 거기에 각기 수장의 목숨까지 잃어버린 이들이기에 더는 주저 없이 한순간 썰물처럼 뒤로 물러나기 시작했다.

사파인들이 순식간에 후퇴하자 대지 위에 우뚝 선 신응담의 모습이 유독 도드라져 보였다.

머리끝부터 발끝까지 온통 새빨간 핏물로 덧칠한 신응담, 그의 눈에선 예의 날카로운 빛이 쉴 새 없이 번뜩였다.

그리고 그 빛은 이제 사령신 장패와 그 뒤편으로 오연하게 내려선 천래궁주 요천을 주시하는 데 여념이 없었다.

장패나 요천, 그 둘을 모두 만난 적이 있는 신응담이었다.

장문인과 장로들이 모두 합공을 했음에도 당해내지 못했던 장패는 물론이거니와 그 무시무시한 염호와 막상막하로 싸웠던 이가 바로 천래궁주 요천이었다.

그런 두 사람을 적으로 마주하게 된 상황이니 검을 쥔 신응담의 손에 힘이 들어갈 수밖에 없었다.

삼십 장이나 되는 거리를 두고 있음에도 두 사람의 강함이 온몸으로 전해져 오는 느낌이었다.

그렇다고 두려운 것만은 아니었다.

이제는 누군가에게 기댈 수 없다는 것을 너무나 잘 알고 있었다.

천천히 왼손을 들어 올린 신응담이 얼굴 가득 묻은 핏물을 스윽 닦아냈다.

검을 쥔 오른손 역시 천천히 들어 올려 휘릭 하며 검신에 묻은 핏물을 튕겨냈다.

그 후 천천히 두 손을 포개어 검을 잡은 뒤 앞으로 들어 올렸다.

"후우!"

긴장을 풀기라도 하려는 듯 길게 숨을 내뱉은 신웅담의 표정이 달라지기 시작했다.

적을 베어 넘기겠다는 의지로 가득하던 눈빛은 잔잔한 호수를 보는 듯 깊게 가라앉았으며, 핏물로 덧칠되어 상기됐던 얼굴 또한 너무나 차분하게 변해갔다.

기의 파동도 공명도 없었으며 홀로 검을 쥐고 선 신웅담의 모습은 마치 그림 속에 정지되어 있는 것처럼 너무나 고요하기만 했다.

"검신일체(劍身一體)!"

순간 장패의 입에서 나직한 탄성이 토해졌다.

돌덩이 같은 얼굴 속에 감춰진 장패의 시꺼먼 눈동자 또한 격하게 흔들렸다.

검신일체.

검과 검을 쓰는 이가 하나로 합일되는 지고한 검경을 이르는 말이었다.

검강처럼 무엇이든 벨 수 있는 것도 아니고 이기어검처럼 측량할 수 없는 변화를 담은 검도 아니었다.

그럼에도 검신일체의 경지가 검의 극의(極意)라 불리는 것은 그것이 온전한 깨달음을 통해서만 이를 수 있는 경지이기 때문이었다.

공력과 초식, 그 어느 쪽에도 치우치지 않고 오직 검의 본의(本義)만을 궁구하는 이들에게만 허락된다는 검의 경지, 그것이 바로 검신일체다.

사령신 장패의 눈에 이제 신웅담의 모습은 없었다.

오직 핏빛 들판 가운데 우뚝 선 검 한 자루만 남았을 뿐이었다.

마치 거대하게 자라난 검이 신웅담의 모습을 집어삼킨 듯한 모습.

그때였다.

부르르르!

장패의 뒤편에 선 요천의 전신이 격하게 요동쳤다.

흑과 백이 절반으로 나뉜 요천의 모습이 삽시간에 검은색으로 변해갔고, 그 모습에 더욱 놀라고 당황한 것은 장패였다.

그 순간 신웅담 앞으로 불쑥 유령 같은 그림자가 솟아났다.

"신 사제! 멈추… 크윽!"

입을 열던 기영도가 크게 휘청한 뒤 쓰러지려는 몸뚱이를 간신히 일으켰다.

"기 사형!"

검 안에 스며들었던 신웅담의 모습이 흐릿하게 본래의 모습을 되찾자 기영도가 울컥 토해지려는 핏물을 간신히 눌러 참으며 신형을 바로 세웠다.

"잠시 지켜보게."

눈짓으로 장패와 요천 쪽을 가리키는 기영도를 보며 신웅담의 눈빛이 의문을 지우지 못하고 옅게 흔들렸다.

"저 둘은, 싸우고자 온 것이 아닌 듯하네."

"……?"

신웅담이 여전히 이해할 수 없다는 표정으로 눈썹을 모으고 인상을 찌푸리는 그때에도 사령신 장패는 요천을 바라보고 있었다.

"맹주님! 정신을 차리셔야 합니다."

"으으음! 괜찮다. 나는… 그는 여기 없는가?"

입을 떼는 동안 흑색으로 변해가던 요천의 몸뚱이 절반이 순식간에 새하얀 색으로 변해 버렸다.

점점 또렷해진 눈빛이 된 요천의 음성이 흘러나왔다.

"시간이 없다. 어서 그를 만나야 한다!"

그 어떤 선인보다도 인자한 모습으로 변한 요천의 입에서 토해진 절박한 음성. 장패 또한 그 상황을 충분히 인지하고 있는 모습이었다.

장패가 화산파를 향해 돌아섰다.

"더 이상의 싸움은 없소이다."

"……"

"……."

화산파 도사들도 사파인들도 당황한 눈빛이었다.

지켜보던 정파 쪽 무인들도 별반 다르지 않은 반응이었다.

참혹하게 죽어 나자빠진 이들의 숫자만 해도 삼백 구에 이를 정도로 혈전이 이어진 와중이었다.

뜬금없이 나타나 더 이상 싸우지 않겠다고 해서 끝날 상황은 절대 아닌 것이다.

물론 화산파 입장에선 전혀 나쁠 것이 없는 말이었다. 단지 그 말을 믿을 수가 있는가 마는가 하는 문제일 뿐이었다.

반면 사파 무인들은 진정으로 더 이상 싸울 마음을 상실한 때였다.

압도적인 화산파 무공 앞에서 거의 학살당하다시피 했는데 그 싸움을 끝까지 이어가고 싶은 이가 어디 있겠는가.

그들 사파인들에게 장패의 목소리는 하늘에서 내려온 구명줄이나 다름없는 것이었다.

물론 그렇게 상황이 끝나길 전혀 원하지 않는 이도 그곳에 있었다.

"버러지 같은 사파 놈들!"

슈앙!

강렬한 파공음과 함께 검 한 자루가 빛살처럼 날아들었다.

사령신 장패의 등판을 꿰뚫을 듯 날아든 검.

획 뒤돌아선 장패가 두 팔을 교차해 간신히 검을 막아냈다.

콰쾅!

폭음과 함께 돌가루가 비산하며 장패의 커다란 몸뚱이가 쿵쿵 소리를 내며 뒤로 밀려났다.

장패의 눈이 부릅떠지며 자신의 팔을 향했다.

쩌저적!

거미줄처럼 균열이 난 오른팔이 파사삭 소리를 내며 떨어져 내렸다.

금강불괴에 버금가는 석화신공이 단번에 깨져 버린 것이다.

그사이 튕긴 검이 허공에서 방향을 바꿨고 검성이 신형을 날린 뒤 허공에서 검을 가로챘다.

척!

"네놈들이 오고 싶으면 오고 가고 싶다면 갈 수 있을 줄 알았느냐?"

정파 진영에서 홀로 뛰쳐나온 검성의 준엄한 목소리와 눈빛이 사파 무인들을 향했다.

당장에라도 정파인들에게 명을 내려 모두를 쓸어버릴 기세였다.

"엽무백! 이럴 때가 아니다."

팔 하나를 잃어버린 장패의 음성이 검성을 향했다.

"훙! 네놈 따위가 본좌의 이름을……!"

"엽! 무! 백!"

후아아앙!

일순간 사령신 장패의 엄청난 일갈이 폭풍 같은 기세와 함께 검성을 덮쳐 왔다.

두 눈을 부릅뜬 검성이 화들짝 놀라 허공에서 신형을 뒤집으며 간신히 공력의 여파를 피해냈다.

"사태 파악이 안 되는 것이냐?"

다시 한 번 토해진 장패의 일갈에 검성이 흠칫거리며 얼굴을 찌푸렸다.

"소림을 집어삼킨 그놈이 누군 줄이나 알고 있느냐? 그는……!"

"누구긴! 천살마군 그 개잡놈이지. 여기 모두가 그 천살마군과 작당한 화산파를 벌하기 위해 모인 것이지."

장패와 검성 사이로 독이 바짝 오른 취성의 목소리가 끼어들었다.

장패의 돌덩이 같은 얼굴이 거칠게 일그러졌다.

한시라도 빨리 진실을 알고 만반의 대비를 갖춰도 모자랄 때였다.

하지만 눈과 귀가 막혔는지, 아니면 정파라는 고집 때문인지 저들의 수장이 전혀 대화를 나눌 상태가 아니었다.

그때였다.

여태 가만히 자리를 지키고 있던 요천이 한 걸음 앞으로 나섰다.

검성도 취성도 그 순간만은 긴장의 눈빛을 할 수밖에 없었다.

누가 뭐라 해도 당대 천하제일인을 논할 때 항상 언급되는 존재 중 하나가 바로 천래궁주 요천이기 때문이었다.

더구나 지척에서 마주 선 요천의 존재감은 상상을 훌쩍 뛰어넘었다.

그 요천이 검성과 취성을 보며 속삭이듯 말문을 열었다.

"나를 죽여줄 수 있겠느냐?"

"……?"

"……!"

"너희로는 안 된다. 그를 데려와야 한다. 마군, 그를……."

"이놈!"

"무슨 헛소리를!"

검성과 취성이 버럭 목소리를 높이며 강렬한 투기를 발산했지만 요천의 표정은 일말의 변화도 없었다.

단지 새하얀 눈썹만이 한 차례 팔랑거렸을 뿐.

"나를 죽이지 못하면 너희는 다 죽는다."

"미쳐도 곱게 미쳐라. 무슨 정신 나간 소리를 지껄이느냐!"

취성이 더는 듣고 있는 것도 싫다는 듯 비아냥거렸고 이어 검성은 기다렸다는 듯 근엄한 목소리를 냈다.

"혹세무민의 온상인 천래궁과 그 수괴를 오늘 이 자리에서 단죄할 것이니!"

"……."

"천하의 안녕과 백성을 위해 나 엽무백 검을 들겠노라."

검성은 여태 참아왔다는 듯 다시 한 번 검을 날렸고 취성의 신형 역시 일순간 수십 개의 그림자로 변해 흩어졌다.

쐐애애애액!

슉슈슈슈슈슉!

검성과 취성은 각기 펼칠 수 있는 최강의 무공을 펼쳤다.

날아가던 검성의 검이 강렬한 빛무리를 발하며 일순간 쏟아지는 유성우처럼 변해 천지사방을 뒤덮었고, 수십 개로 불어난 취성의 손에선 끝도 없이 강맹한 장력이 폭사됐다.

콰쾅!

콰콰콰콰콰쾅!

하늘이 주저앉고 땅바닥이 들썩이는 듯한 굉음과 폭음이 삽시간에 천야평을 뒤흔들었다.

끝도 없이 치솟는 흙먼지.

그리고 이내 잦아드는 폭음을 좌중은 한동안 넋을 잃고 지켜봐야 했다.

먼지가 가라앉고 완전히 폐허로 변한 땅을 바라보던 중인이 번쩍 눈을 치켜떴다.

반면 검성과 취성은 사색이 된 표정을 지우지 못했다.

온통 뒤집힌 땅거죽 가운데 유독 반 평 남짓한 자그마한 공간만 흠결 하나 난 것이 없었다.

그리고 그 위엔 옷깃에 생채기조차 하나 나지 않은 요천이 처음 그 모습 그대로 담담히 서 있었다.

"그대들로는 안 된다 하지 않았는가. 마군을 찾아야 해. 그자가 오기 전에 어서……!"

"이놈! 무슨 헛소릴 지껄이는 것이냐!"

취성이 목청이 찢어져라 소리치며 그대로 요천을 향해 쇄도했다.

수많은 이가 지켜보는 상황에서 수치와 오욕을 무릅쓰고 검성과 합공까지 펼쳤다.

그런데 상대는 너무나 멀쩡했다.

이런 상태에서 곧바로 물러선다는 것은 도저히 있을 수가 없는 상황이었다.

천래궁주 요천을 상대로 검성과 취성이 한꺼번에 덤볐다가 단방에 나가떨어졌다?

그런 소문이 나기라도 한다면 평생을 쌓아 올린 명예가 나락으로 떨어질 것이 불을 보듯 뻔했다.

그런 일이 생기게 둘 수는 절대로 없었다.

쐐애애액―!

요천을 향해 내달려 가는 취성의 신형이 기다란 그림자와 잔영을 남겼다.

그렇게 취성이 요천의 코앞에 이른 순간.

팟!

촛불이 꺼지 듯 사라진 취성의 신형이 허공에서 순식간에 여덟 개로 변하더니 각기 다른 자세를 취했다.

취팔선보(醉八仙步)라 불리는 개방 최고의 보법으로 그 현란하고 빠른 움직임은 동시에 여덟 명의 취성이 나타난 것처럼 보이게 만들었다.

그리고 그 순간 취성의 여덟 그림자가 한꺼번에 무시무시한 장력을 쏟아붓기 시작했다.

"안 된다니까."

자신을 향해 쏟아지는 무수한 장력을 바라보는 요천의 얼굴 위에선 그 어떤 위기감도 찾을 수 없었다.

요천은 양손 바닥을 쭉 펴더니 부채질하듯 가볍게 위로 팔랑거렸을 뿐이었다.

그 순간 믿기 힘든 일이 벌어졌다.

요천이 밟고 선 주변 흙더미가 무언가에 잡아끌린 것처럼 일제히 치솟기 시작한 것이다.

요천을 가운데 두고 성벽처럼 치솟은 거대한 흙더미에 취성의 장력이 부딪혔다.

콰콰콰콰콰쾅!

또 한 번 지독한 굉음과 먼지가 사방으로 비산했고 취성은 놀라 뒤집힐 것 같은 표정으로 바닥에 떨어져 내렸다.

"무토(戊土)… 신공……. 누… 누구냐? 네놈은?"

취성의 목소리가 부들부들 떨리는 것처럼 좌중의 반응 역시 거셀 수밖에 없었다.

특히 여태 들러리처럼 자리했던 사파인들의 반응이 그중에서도 가장 격렬했다.

무토신공 또한 오대사공 중 하나로 꼽히는 무공이다.

하지만 그보다 더욱 중요한 것은 무토신공이 실존했던 마지막 천사맹주 귀성의 독문무공이라는 사실이었다.

백 년도 훨씬 지난 세월의 일이지만 귀성이 존재할 때의 사파무림은 정파와 대등한 관계였으며, 당당히 중원의 절반을 차지하고 있던 강맹한 세력이었다.

그 천사맹이 지리멸렬하기 시작하고 급기야 두 세력으로 갈라진 이유 역시 귀성이 제대로 후계를 설정하지 않고 사라진 것이 가장 큰 이유였다.

그런데 지금 백 년이란 세월을 훌쩍 넘어 눈앞에 그 귀성의 독문무공이 나타난 것이다.

물론 무토신공 하나만으로 그를 귀성이라고 단정 지을 수는 없었다.

백 년이란 그만큼 긴 세월이니.

더구나 천래궁주라고 불려온 이가 귀성일 이유는 전혀 없으니 그곳에 자리한 모두가 더없이 혼란스러울 수밖에 없었다.

"요악한 놈! 정체를 밝히지 못할까?"

검성의 날 선 목소리가 날카롭게 연이어졌다.

하지만 요천은 그런 검성 쪽으로는 눈길도 한 번 주지 않고 오히려 멀리 떨어진 화산파 쪽을 향해 천천히 돌아섰다.

"이익!"

검성이 입술을 꽉 깨물며 부들거렸다.

무방비 상태로 등을 내보인 그 모습이 자신을 조롱하고 멸시하는 듯 여겨진 것이다.

당장에라도 검을 내질러 등을 꿰뚫어 버리고 싶으나 수천이 넘는 이가 지켜보는 상황에 그런 일을 벌일 수는 없었다.

그런 상황은 취성 또한 마찬가지였다.

싸울 의지가 없는 정도가 아니라 아예 상대할 가치조차 없다는 듯 행동하는 요천의 행태는 두 사람을 더욱 분노케 만들 수밖에 없었다.

그러거나 말거나 화산파를 향해 돌아선 요천의 얼굴은 너무나 인자해 그 어떤 도사보다도 더욱 도사처럼 느껴질 정도였다.

"검신 한호……! 그 친구는 강호를 위해 스스로를 희생했네. 그가 없었다면 강호는 흑제의 손에 멸해졌을 것이야."

"……!"

"……!"

누구도 예기치 못한 말이 흘러나오자 화산파 도사들 역시 흠칫 당황할 수밖에 없었다.

요천의 입에서 정말로 느닷없이 튀어나온 검신 한호의 이름. 더군다나 요천은 검신을 그 친구라고 불렀다.

백 년 전 검신이 어떻게 천래궁주 요천의 친구가 될 수 있단 말인가.

거기다 그가 언급하는 검신이 여태 그 흉내를 내던 천살마군을 말하는 건지 아닌지 진짜 검신을 말하는 것인지 그것도 아리송해 누구 하나 섣불리 나설 수가 없었다.

거기에 또다시 언급된 마교주 흑제의 이름.

대체 뭐가 뭔지 이해할 수 없는 것이 한가득이었다.

"설명할 시간이 없네. 자하신검의 봉인이 풀렸으니 지금도 그는 새로운 숙주를 찾고 있을 것이야."

"……!"

"……!"

화산파 도사들의 표정이 말도 못하게 굳어졌다.

요천이 무슨 소릴 하는지 이해할 수 없었지만 황궁에서 신웅담이 겪은 일만은 소상히 전해 들어 알고 있었기 때문이었다.

특히나 자하신검에서 사악한 존재가 나타나 황제의 동생이 이상하게 변했다는 이야기나 그로 인해 수많은 자금성 군사가 죽어나갔다는 이야기를 똑똑히 들었으니 요천의 말이 허투루 들릴 수가 없었다.

하지만 그 모든 이야기가 검성이나 취성에게까지 같은 의미를 갖는 것은 아니었다.

두 사람은 자신들이 꿔다 놓은 보릿자루처럼 그저 무시당하고 있다는 사실과, 이해 못할 말만 지껄이고 있는 요천의 행태를 더 이상 두고 볼 수 없었다.

"놈! 무슨 궤변을 지껄이는 것이냐?"

"마인에 이어 천래궁과도 한통속이었단 말이냐! 정녕 화산파는 인면수심의 탈을 쓴 종자들이구나."

취성과 검성의 목소리가 우렁우렁하게 퍼져 나가자 정파인들이 술렁이기 시작했다.

상황을 제대로 인지하지 못한 그들의 눈에는 딱 그렇게 보일 수밖에 없는 상황이었다.

그리고 기다렸다는 듯 검성의 음성이 연이어졌다.

"나 엽무백이 모든 강호의 동도에게 부탁하는 바입니다. 저 사악한 자들을 반드시 처단해 강호의 정의를 실현코자 하오."

"우와와!"

"사파를 처단하라."

"마에 물든 화산파를 단죄하라."

여태 구경꾼처럼 싸움을 지켜보기만 하던 정파 진영 사이에서 누군가 선동하듯 소리를 높였다.

삽시간에 그들의 전의와 기세가 기름을 끼얹은 것처럼 타오르기 시작했다.

차창!

차차차차차차창!

"척마(斥魔)! 척사(斥邪)!"

"죽여라!"

오천에 달하는 정파인이 번지는 들불처럼 천야평을 가로질러 내달려 오기 시작했다.

그들의 기세가 삽시간에 앞에 선 사파인들을 집어삼킬 것 같은 그때, 검성의 비릿한 웃음이 입가에 내걸렸다.

"결국 자네 뜻대로군."

언제 옆에 왔는지 스윽 나타난 취성의 얼굴에 어두운 그늘이 생겼으나 검성은 언제 그랬냐는 듯 더없이 근엄한 표정으로 되돌아왔다.

"이게 전부 강호의 안녕과 평화를 위해서가 아니겠나."

그런 검성을 향해 취성은 아무런 답도 할 수 없었다.

어차피 검성은 사파와 화산파를 이 기회에 뿌리까지 뽑고자 마음먹었고, 자신 또한 그 계획에 동조하고 있음을 부정할 수 없기 때문이었다.

화산파의 강함이나 요천의 등장이 약간의 변수를 만들기는 했으나 이제와 결과가 달라질 것 같지 않았다.

취성의 눈은 사파와 화산파를 향해 내달려 가는 개방의 방도들에게서 떨어지질 않았다.

"어차피 그리될 거라면, 빨리 끝내야지."

취성 또한 내달리는 정파인들의 선두 쪽으로 신형을 날려 그들과 휩쓸렸다.

전면전이 벌어지지 않았다면 모를까, 이렇게 된 이상 하나라도 더 빨리 죽여 그만큼 방도들과 정파인들의 희생을 줄여야 되는 때라는 판단이었다.

정파의 수와 전력은 그만큼 압도적이었다.

이미 전의를 상실한 사파인들을 쓸어버리는 일은 전혀 어려운 일이 아닐 터.

다만 화산파가 문제였다.

엄청난 숫자가 달려들고 있음에도 누구 하나 흔들리는 이가 없었다.

전방을 향해 내달리며 참으로 많은 이가 죽어나갈 것이란 생각을 지우지 못하는 취성이었다.

그렇게 정파인들이 사파인들을 먼저 해일처럼 집어삼키려는 그때였다.

그그그그그그그그!
콰콰콰콰콰콰콰쾅!

천야평 전체가 지진이라도 난 듯 들썩이더니 정파와 사파인들 사이로 엄청난 높이의 흙벽이 치솟았다.

내달리던 정파인들이 흙벽에 부딪히고 서로에게 뒤엉키며 아비규환이 벌어진 그때, 요천의 신형이 엄청난 높이로 치솟은 흙벽 위로 우뚝 솟아올랐다.

"으으으으윽!"

"크윽!"

"저놈을 없애라! 저놈을!"

아수라장 속에서 누군가 검을 치켜세운 채 목소리를 높이자 수백 명의 정파 고수가 흙벽을 타타탁 밟으며 신형을 뽑아 올렸다.

눈썹이 꿈틀한 요천이 손을 내뻗었다.

허공을 향해 휘익하고 풍차처럼 휘도는 요천의 손.

투툭! 두두두둑!

치솟았던 성벽에서 흙으로 만든 주먹들이 순식간에 튀어나갔다.

마치 거인의 주먹이 벽을 뚫고 나온 것처럼 삽시간에 정파인들을 격타했다.

퍼펙! 퍼퍼퍼퍼퍼퍼펙!

성벽을 밟고 오르던 이들이 튕겨지며 땅바닥에 뒤엉킨 정파인들 위로 후두둑 떨어져 내렸다.

그 한 번의 무시무시한 공방 뒤 누구도 더 이상 섣불리 성벽을 타 넘으려고는 하지 않았다.

밀리고 밀쳐지던 아수라장이 차차 정리되고 정파인들의 눈이 두려움과 경외감을 담은 채 성벽 위에 홀로 선 요천을 향했다.

단 한 명이지만 그를 넘는 일조차 쉽지 않다는 사실을 본
능적으로 깨닫고 있는 것이다.

"백학! 도와주셔야겠소."

"여부가 있겠소이가."

여태 검성 뒤에 조용히 머물러 있던 백의 노인 하나가 나
섰다.

동성국 조의선문의 백학선인이었다.

그가 품 안에서 싯누런 괴황지를 꺼내 허공에 뿌리자 일
순간 엄청난 크기의 선학 한 마리가 생겨났다.

연이어 그와 함께 있던 동성국 이인들의 손에서 연달아
괴황지가 펄럭이기 시작했다.

퍼펑!

퍼펴퍼퍼펑!

괴황지가 폭음과 함께 터진 뒤 뭉게뭉게 짙은 연기가 꿈
틀대며 피어나고 눈으로 보고도 믿기 힘들 일들이 연이어
벌어지기 시작했다.

거대한 학에 이어 무시무시한 모습의 청룡이 나타났고,
거대하며 시꺼먼 거북이가 나타나 하늘을 휘젓기 시작한
것이다.

선학과 현무 청룡의 현신은 지켜보는 모든 이를 또 한 번

아연실색하게 만들었다.

치솟은 흙벽 아래 달라붙어 있던 정파인들이 걸음아 나 살려라 미친 듯이 도망치는 그때였다.

선학의 등을 타고 허공으로 치솟은 백학선인의 손끝이 흙벽 위에 홀로 선 요천을 향했다.

그 순간 청룡과 현무가 소름 끼치는 포효를 터뜨리며 그 대로 흙벽을 향해 돌진하기 시작했다.

크아아아아아!
꾸어어어어억!

요천의 담담하고 고요하던 눈빛 역시 그때는 흔들릴 수 밖에 없었다.

그리고 그 흔들림은 순식간에 변화를 일으켰다.

"아… 안… 돼……."

간신히 눌러놓았던 몸 안의 무언가가 깨어나려 함을 느 낀 것이다.

"으으으으으!"

새하얗던 요천의 몸뚱이가 순식간에 검은색으로 변하고 그 얼굴 표정 또한 세상의 분노를 모두 머금은 듯 살의와 적의로 번들거렸다.

일순간 온통 새까맣게 변한 요천!

"신공의 뜻은 하늘을 대신할지니!"

번쩍 치켜 올라간 손.

그 손바닥에서 쑤욱 빨려나온 새빨갛고 잔혹해 보이는 핏빛 검 한 자루였다.

그리고 그 검에서 엄청난 빛이 폭사되었다.

화아악!

화르르르르륵!

내달려 들던 청룡과 현무가 순식간에 종잇장처럼 불탄 뒤 시꺼먼 재를 폴폴 흩날렸다.

하늘 꼭대기를 날던 선학 또한 핏빛 검에서 뿜어진 빛에 휩쓸려 날개 한쪽이 삽시간에 타들어가더니 볼품없이 추락하기 시작했다.

그 모습에 정파인은 물론이고 사파인이나 화산파 역시 경악할 수밖에 없었다.

핏빛 검을 들고 흙벽 꼭대기에 오연하게 선 요천.

"본좌는 신공! 하늘의 뜻을 이어받아⋯⋯."

그 음성이 엄청난 공력을 담은 채 천야평을 울려가는 그때였다.

"크크큭! 이거 엄청난 횡재네."

멀리 화흠현 쪽에서 누군가 기묘한 목소리를 내며 걸어
오고 있었다.

그리 크지도 작지도 않은 목소리였다.

하지만 그 음성은 순식간에 요천의 음성을 끊어버렸고
묘하게도 천야평에 자리한 모두를 집중하게 만들었다.

철그렁! 철그렁!

음성의 주인이 걸을 때마다 그가 걸친 용린갑이 부딪히
며 기분 나쁜 쇳소리를 냈다.

"휘~! 아직도 그 몸뚱이가 남아 있었단 말이지? 하하!
크하하하하!"

천야평을 향해, 정확히는 요천을 향해 천천히 걸어오는
지휘사 주휘의 얼굴에 서린 미소가 더 깊어지고, 웃음소리
는 점점 더 커다랗게 메아리치기 시작했다.

잠시 잠깐 높다란 흙벽 위에 홀로 선 채 압도적 신위를
보이던 요천의 온몸이 갑자기 간질 걸린 환자처럼 부들부
들 떨려왔다.

그 요천의 시선은 오직 한곳, 천천히 자신을 주시하며 다
가오는 지휘사 주휘를 향해 멈춰 있었다.

"으… 으… 으으으으……."

요천의 입에서 비명인지 신음인지 모를 소리가 끊임없이

흘러나왔고 그 안에 담긴 뚜렷한 감정 하나가 그를 지켜보던 모두에게도 똑똑히 전해져 왔다.

공포.

완벽한 공포에 사로잡힌 것이다.

단순히 그냥 겁에 질린 정도가 아니었다. 요천은 이지가 상실된 것처럼 자신의 머리를 감싸고 그대로 주저앉아 버렸다.

잠시지만 그곳의 모두를 압도하던 요천이 그런 모습을 보이자 그곳에 모인 모두가 절로 한기를 느낄 수밖에 없었다.

자연스레 전장의 중심으로 다가서는 주휘에게 시선이 모인 것도 당연한 수순이었다.

번쩍이는 금색 갑옷을 걸친 군부의 장수, 그가 황제의 친동생이며 어림군의 수장이라는 사실을 아는 이나 모르는 이나 혼란스럽기는 매한가지였다.

고작 서른 살 안팎으로 보이는 군부 장수 하나의 등장 때문에 천하의 요천이 범을 만난 강아지 새끼처럼 변한 것이다.

그 순간 정파 쪽 진영에서 재빠르게 주휘의 앞을 막아선 인물이 있었다.

검성 엽무백이었다.

주휘를 보고 한 차례 눈을 번뜩이던 엽무백이 두 손을 모아 공손히 예를 차렸다.

"북검회의 엽무백이 지휘사 대인을 뵙소이다."

고개를 숙인 엽무백의 입가에 비릿한 미소가 걸렸다.

황제에게 동생 주휘를 찾아오겠다고 호언장담한 뒤 북검회의 일을 사면받을 수 있었다.

그럼에도 이 넓은 땅덩이 어디서 주휘를 찾아야 할지 몰라 고민일 수밖에 없었는데 이렇게 눈앞에 떡하니 나타나 준 것이다.

더군다나 저 요천이 주휘를 보고 부들부들 떠는 것을 보니 잘만 이용하면 여태 궁지에 몰렸던 상황을 단번에 뒤집을 수 있을 것 같았다.

검성이 그렇게 예를 표하며 길을 막고 섰지만 주휘의 발걸음은 계속 이어졌다.

검성의 코앞에 이른 주휘는 조금의 망설임도 없이 손바닥을 들어 올렸다.

"……!"

흠칫하며 고개를 쳐든 검성.

순간 주휘가 걸음도 멈추지 않고 마치 파리를 쫓는 것처럼 검성의 뺨을 후려쳐 왔다.

참으로 느닷없는 일에 화들짝 놀란 검성이 풀쩍 뛰어 물러섰다.

하지만 주휘는 그런 검성을 향해 눈길조차 주지 않았다. 그의 눈은 오직 요천만을 향해 있으며 걸음 또한 멈추질 않았다.

반면 검성의 얼굴은 썩은 감자처럼 완전히 일그러져 버렸다.

오늘 이곳에서 연거푸 당하는 멸시에 분노가 걷잡을 수 없이 치솟았다.

"모두 듣거라."

갑작스럽게 울린 검성의 커다란 목소리에 정파인들의 시선이 모여들었다.

"이 땅의 주인이신 황제 폐하의 성지다. 지휘사 주휘 대인의 신병을 자금성으로 모셔야 할 것이다."

예기치 못한 검성의 말에 여기저기 의구심을 지우지 못한 이가 대부분이었다.

마인을 척결하기 위한 자리에서 뜬금없이 황제의 이름이 거론되니 일어날 수밖에 없는 당연한 혼란이었다.

"저분은 황제 폐하의 아우이며 특별히 폐하께서 내게 몇 번이나 당부하셨다. 그에 따른 상은 자금성에서 적잖이 내려질 것이다."

황제와 상이라는 말에 정파인들의 눈빛이 대번에 달라

졌다.

　황제가 그렇게까지 당부한 일이라면 그 보상 또한 상상을 초월할 것이 자명한 일, 당금의 황제가 배포가 크다는 소문은 누누이 들어 알고 있는 일이었다.

　거기다 변변한 무공조차 없어 보이는 군부 장수 하나를 붙잡는 일로 그런 엄청난 특혜를 받을 수 있다고 하니 당연히 앞다투어 나설 수밖에 없었다.

　천래궁주 요천이 부들부들 떠는 이유도 따져 보니 그 신분을 듣고 나서 그런다고 그럭저럭 납득해 버렸다.

　아무리 날고 기는 무림인이라 해도 감히 황족에게 대들 수 없는 것이 당연했기 때문이다.

　아주 잠시 서로 눈치를 보던 정파 쪽 인사들이 부리나케 움직이기 시작했다.

　순식간에 주휘의 주변을 수십 명의 정파 고수가 에워쌌다.

　그렇다고 누구 하나 섣불리 주휘를 향해 달려들 상황은 또 아니었다.

　황족의 몸에 함부로 손을 댔다가 뒷감당을 할 자신이 없는 것도 이유였고 먼저 나섰다가 찍힐 필요 또한 전혀 없으니 또다시 서로 눈치를 보는 것이다.

　그러거나 말거나 주휘의 걸음은 전혀 멈출 기미가 없었다.

계속해서 요천을 향해 나아가던 주휘의 발걸음이 결국 정파인들이 만들어놓은 사람의 장벽과 결국 부딪히기 직전이었다.

"귀찮군."

무료한 음성이 토해지고 주휘의 눈빛이 순식간에 붉은 보석을 박아놓은 듯 변해갔다.

스츠츠츠츠츳!

"헉!"

"이게 대체……?"

주휘를 둘러싼 이들의 눈이 휘둥그레 변했다.

갑자기 주휘의 전신에서 끈적끈적하고 소름 끼치는 무언가가 뿜어지기 시작한 것이다.

마치 핏물로 이루어진 안개 같은 것이 삽시간에 한지에 먹물이 스미듯 퍼져 나갔다.

화들짝 놀라 피하고자 했지만 혈무가 퍼지는 속도는 상상을 초월했고 순식간에 천야평 곳곳이 그 핏빛의 끈적한 안개에 휩싸여 버렸다.

"사… 사술(邪術)이다!"

"조심!"

"경계하라."

여기저기 비명처럼 다급한 음성이 울렸지만 그렇다고 정작 무슨 일이 벌어진 것은 또 아니었다.

그저 지독한 혈무 때문에 한 치 앞도 보기 힘든 상황 속에 놓였을 뿐.

한동안 전장의 바깥쪽에서 방관자처럼 머물던 화산파 도사들 역시 잔뜩 긴장할 수밖에 없었다.

단지 이미 이전에 마령이란 것을 상대했던 경험이 그 순간에도 빛을 발했다.

"매화검진을!"

진무는 당황하지 않고 명을 내렸다.

장로들이 재빠르게 방위를 점하고 일대제자들이 그들과 함께했다.

우우우우우웅!

이대와 삼대제자들을 가운데 두고 거대한 매화검진이 일으킨 반구가 생겨났다.

장로들과 일대제자들의 일취월장한 공력과 그간의 싸움으로 터득한 깨달음이 더해지자 매화검진의 위용 또한 과거와는 완전히 달라진 것이다.

화산파 전 문도들을 아우른 푸른빛의 검진은 엄습해 오

는 혈무를 가볍게 밀어냈다.

그럼에도 화산파 문도 중 긴장의 끈을 늦추는 이는 없었다.

이렇듯 요사한 술법은 그 변화가 괴이망측해 어떤 일이 벌어질지 알 수 없다는 것을 벌써 체득했기 때문이었다.

더군다나 핏빛 안개로 인해 천야평에서 무슨 일이 벌어지고 있는지 전혀 알 수 없는 상황이 되어버렸으니 더더욱 긴장할 수밖에 없는 상황이었다.

그 순간이었다.

텅!

검진의 막 위로 무언가 부딪히는 둔탁한 충돌음이 났다.

검진의 전면에서 들려온 소리에 진무를 비롯해 그쪽에 자리한 장로 몇의 눈가가 파르르 떨렸다.

요천이 그곳에 나타난 것이다.

그런데 조금 성벽 위에서와는 또 달라진 모습이었다.

백발에 백염, 흑제가 아닌 귀성의 모습이었다.

그는 다급한 모습으로 반구 위에 손을 가져다 댔다.

순간 그의 손끝이 송곳처럼 뾰족하게 변하더니 찌이익 하고 검진의 막을 갈랐다.

귀성이 종잇장처럼 찢긴 검진 안으로 쑥 들어와 버렸다.

화산파 도사들의 눈이 경악으로 물들 수밖에 없었다.

매화검진이 눈으로 본 것처럼 강제로 파훼되었다면 마땅히 누군가는 극심한 내상을 입었어야 했다.

그런데 누구도 그런 증상을 보이는 이가 없었다.

바꿔 말하면 그것은 귀성이 매화검진을 완벽히 이해하고 있어 통과해 냈다는 의미였다.

그런 상대가 요천이기에 화산파 도사들이 더더욱 긴장할 수밖에 없는 것이 당연한 일.

진무를 비롯한 장로들은 극도의 경계심을 표하며 요천을 주시했다.

반면 요천, 아니, 귀성의 얼굴은 너무나 다급해 보였다.

"시간이 없네. 지금이라면 누구라도 나를 죽일 수 있다. 어서!"

"……."

"……."

또다시 반복되는 말이지만 화산파 도사들 입장에선 황당한 일일 수밖에 없었다.

아무리 상대가 상대라 해도 도사된 입장에서 이유도 전혀 모른 채 선뜻 살생을 할 수 없었다.

그 망설임이 요천을 더욱 다급하게 만들었다.

"정녕! 한호 그 친구의 죽음을 헛되게 할 참인가? 천추의 한을 남기고 싶은가!"

요천의 목소리가 높아졌지만 더더욱 경계심만 커져 갈 상황이었다.

거기다 또 검신의 이름이 언급되자 화산파 도사들의 심경은 더욱 복잡해질 수밖에 없었다.

"이런 멍청한 놈들!"

버럭 소리를 높인 요천이 왼손에 들고 있던 핏빛 검을 자신의 목에 가져다 댔다.

그대로 자기 목을 그어버리려는 그 순간, 무언가에 움찔하며 손이 굳어버렸다.

"빌어먹을! 빌어먹을! 다시 평생을 놈에게 조종당하고 싶은 것이냐!"

누구를 향해 목소리를 높이는지 알 수 없지만 요천이 하는 행동은 너무나 절박해 보였다.

그리고 그 절박함만으로도 무언가 느끼고 판단한 이가 있었다.

스릉!

신응담이 검을 빼 들자 주변 장로들과 제자들의 눈이 동그랗게 변했다.

"어차피 그래 봐야 요천이지 않소?"

신응담의 나직한 목소리에 장로들의 반응이 각양각색이었다.

왜 이런 짓을 벌이는지 그 사연을 알든 모르든 상대는 요천이었다. 결국 혹세무민의 온상인 천래궁의 궁주가 아닌가 하는 의미로 신응담이 검을 빼 든 것이다.

신응담은 지체 없이 걸어 나갔다.

이미 자금성에서 지휘사 주휘가 어떤 짓을 벌였는지 두 눈으로 똑똑히 목격한 터라 다른 장로들과는 전혀 다른 마음이었다.

어쨌든 그가 원하는 대로 죽여줘야 이 요상한 안개와 사특한 존재를 막을 수 있을 것 같다는 생각이었다.

신응담이 요천의 앞으로 다가갔다.

천천히 검을 높이 세운 신응담.

귀성의 눈에 드디어 흡족한 듯한 웃음이 걸렸다.

그 순간이었다.

스츠츠츠츠츠츠춧!

천야평을 가득 채웠던 핏빛 안개가 삽시간에 순식간에 어딘가로 빨려들 듯 사라져갔다.

눈살이 찌푸려질 만큼 갑자기 돌아온 밝은 시야에 모두가 어리둥절한 눈으로 주변을 살피는 그때였다.

"저… 저건……?"

"헉!"

"뭐… 뭐냐?"

여기저기서 비명에 가까운 음성들이 터져 나왔다.

정파든 사파든 상관없이 천야평에서 벌어진 믿지 못할 일에 눈이 뒤집힐 정도로 놀라지 않은 이가 없었다.

수백 구의 시신이 일어서 있었다.

목이 잘린 이도 팔다리가 잘린 이도 모두 일어났다.

요천의 목을 베려던 신응담 역시 그 소름 끼치는 장면에 잠시 멈칫거려 버린 그 순간이었다.

"안 되지. 안 돼."

"……!"

"……!"

기척도 느끼지 못했던 그 순간 벌써 요천의 등 뒤에 지휘사 주휘가 서 있었다.

그걸 느낀 순간 신응담은 촌각의 망설임도 없이 검을 휘둘렀다.

캉!

머리를 베어가던 신응담의 검이 쇳소리와 함께 멈춰 버렸다.

그때 이미 지휘사 주휘의 몸뚱이는 썩은 고목처럼 쓰러진 뒤였다.

그리고 요천의 눈동자가 변하기 시작했다.

 흰자위가 사라지고 동공 전체가 시꺼멓게 변해가는 요천.

 그와 코앞에서 마주 선 신웅담의 온몸이 사시나무 떨리듯 변해갔다.

 순간 요천의 몸뚱이에서 넘실거리며 풍겨져 나오는 기운.

 그것은 이제는 너무나 익숙해져 버린 기운, 의심할 것도 없는 마기(魔氣)였다.

 "당분간은 다시 이 몸을 써볼까나?"

第五章

느닷없이 밀려든 먹장구름이 들판 위를 가득 채우기 시작했다.

밤보다 더 어둡고 음습함을 느끼게 하는 먹구름이 천지를 뒤덮었다.

우르르릉!

콰쾅!

지독한 먹구름 속에서 엄청난 천둥소리와 함께 강렬한 뇌전 한 줄기가 번쩍하며 지상으로 내리꽂혔다.

파지지직!

그 섬광을 송두리째 온몸으로 맞은 흑제의 입에서 나직한 비음이 흘러나왔다.

"흐으음. 좋군."

낮지만 또렷한 그 목소리가 천야평 구석구석으로 퍼져 가는 동안 그곳에 모인 각기 다른 세력의 무인들 모두는 혼란스럽고 또 두려운 감정을 떨쳐 내기 힘들었다.

그중 누구도 대체 무슨 일이 벌어지고 있는 것인지 엇비슷하게라도 짐작하는 이가 없었다.

흑제의 시커먼 눈동자가 혼란 속에 빠진 좌중을 오연하게 훑기 시작했다.

그르륵!

그르르륵!

되살아난 시체들이 흑제의 눈길에 움찔거리며 기괴한 울음을 토할 때마다 천야평에 모인 이들은 낯설고도 음험한 공포에 잠식되어 가는 느낌을 떨칠 수가 없었다.

일순간 하늘을 가득 채웠던 먹구름이 거대한 나선을 그리며 거대한 회오리바람처럼 변해 삽시간에 흑제를 향해 빨려들어 갔다.

후아아앙!

"흐음! 좋아. 정말 좋아."

흑제의 얼굴에 진득한 미소가 서렸고 이를 지켜본 이들은 또 한 번 흠칫하며 놀랄 수밖에 없었다.

젊어져 버렸다.

얼굴의 반을 채우고 있던 기다란 흑염은 온데간데없이 사라진데다 광채가 나는 듯한 뽀얀 피부의 얼굴로 변한 흑제는 이제 스물 중반 정도로밖에 보이질 않았다.

흑제는 만족한 모습으로 자신의 손마디를 쥐락펴락하고 목을 까딱까딱이며 몸뚱이를 살폈다.

"정말 맘에 들어. 기왕 이렇게 된 거……."

흑제가 나직한 음성을 내뱉으며 다시 한 번 주변을 훑기 시작했다.

"마교나 다시 세워볼까?"

"……!"

"……!"

마교란 말에 다시 한 번 흠칫하지 않은 이가 없었다.

순간 히죽 웃은 흑제가 갑작스레 천야평이 들썩일 정도의 웃음을 토하기 시작했다.

"크하하하하! 마교가 아직도 무서워? 크크크크크하!"

앙천광소와 함께 어깨를 들썩이며 사위를 둘러보는 흑제를 보며 모두가 숨을 죽이고 눈을 내리깔았다.

그가 웃음을 내뱉을 때마다 마치 보이지 않는 손이 심장을 움켜쥐는 듯한 기묘한 감각이 엄습해 왔기 때문이었다.

"다… 당신이 정말 흑제란 말이요?"

흑제와 가장 가까운 거리를 두고 있는 화산파 쪽에서 흘러나온 말이었다.

화산 장문인 장진무의 목소리였다.

그러면서도 정작 입을 뗀 그 얼굴은 하얗게 질려 있으며 그 입술마저 마치 멍이 든 것처럼 시퍼렇게 보였다.

진무뿐 아니라 장로들마저도 한겨울 한파 속에서 바들바들 떨며 죽어가는 자의 얼굴과 다르지 않았다.

장로들마저 그러하니 제자들의 상태는 말할 것도 없었다.

매화검진이 펼쳐져 서로의 공력과 공력으로 보호하고 있는 상태가 아니었다면 벌써 태반이 쓰러졌어야 정상일 것이다.

그 와중에 진무가 필사적으로 힘을 내 흑제를 맞상대하고 있는 중이었다.

"흑제냐고?"

"……."

"확실히 흑제라는 이름으로 살기는 했지. 분명 이 몸뚱이를 썼을 때는 그 이름이었다."

"......?"

"그전에도 몇 개의 이름을 쓰기는 했지. 패왕(覇王)이기
도 했고 선고(仙高)라고도 불렸지. 뭐 그런저런 이름을 가지
고 살아봤지만......."

나직하게 이어지는 흑제의 음성을 듣는 이들 모두가 눈
을 말똥말똥 뜨면서도 대체 이게 다 무슨 해괴한 소리인가
하는 표정을 지을 수밖에 없었다.

패왕이야 숱하게 있어왔던 패도적 군왕들을 아우른 이름
이니 딱히 누구를 지칭할 수 없다고 해도 선고라는 존재는
신비의 땅인 곤륜의 전설적인 선인(仙人)을 이르는 말이었
다.

대체 흑제가 어떻게 천 년 전의 선인인 선고가 된단 말인
가?

좌중의 어리둥절함은 거기서 끝나지 않았다.

흑제는 쐐기를 박듯 마지막 말을 꺼냈다.

"이러느니 저러느니 해도 역시 이 땅에 와서 처음 얻은
이름이 제일 맘에 들어. 천마(天魔)! 그때만 해도 이 세상이
다 재밌었거든."

"......!"

"......!"

천마라는 말이 또다시 모두를 극심한 혼란에 빠뜨렸다.

천마라니.

천마는 마교를 세운 인물이었다.

전설 속에서 전해져 오는 존재, 만마의 으뜸이며 어둠과 공포로 세상을 지배했던 존재가 바로 천마였다.

그는 죽어서도 신(神)으로 군림해 온 절대적 존재이며 모든 마의 시작과 끝으로 대변되는 절대무변의 존재였다.

그런데 흑제가 지금 스스로 과거에는 천마였다고 하는 것이다.

아무리 그가 가공할 신위와 압도적인 공포감을 풍기고 있다고 해도 그 말을 올곧게 믿을 이는 그 자리에 아무도 없었다.

"궁금하면 보여줄까?"

"……?"

진무가 흠칫해서 저도 모르게 반보를 물러 선 그때였다.

슈아악!

무언가 시꺼먼 그림자 같은 것이 흑제의 몸에서 유령처럼 튀어나왔다.

그리고 그 기묘한 그림자가 삽시간에 진무 안으로 쑥 빨려 들어가 버렸다.

"으으으으으!"

진무의 눈이 새하얗게 까뒤집히더니 그 입에서 고통에 몸부림치는 듯한 신음이 이어졌다.

"장문!"

"사형!"

화들짝 놀란 장로들이 진무를 붙잡으려는 그때 진무의 까뒤집혔던 눈동자가 순식간에 새까맣게 변했다.

장로들이 일제히 본능적으로 뒤로 풀쩍 물러섰다.

"어때?"

표정과 분위기가 완전히 달라진 진무의 입에서 이제까지와는 전혀 다른 목소리가 새나왔다.

"대체! 무슨 짓을!"

대장로 손괴가 대노한 음성을 토하며 당장에라도 달려들 듯한 모습을 취했지만 다른 장로들이 재빠르게 이를 막아섰다.

뭐가 어찌 되었는지 제대로 파악하는 것이 먼저라는 판단이었다.

그사이 흑제의 본래 몸뚱이는 허수아비나 된 것처럼 멍하니 서 있었다.

"뭐 그렇다는 거지."

슈아악!

진무의 몸에서 무언가 시꺼먼 그림자가 휙 하고 튀어나

와 다시 흑제의 몸으로 스며들었다.

그 모든 것을 지척에서 지켜본 화산파 도사들은 그때서야 확신할 수 있었다.

육신으로 이루어진 것이 아니었다.

어떤 영(靈)적이며 초월적인 무언가가 사람의 몸뚱이를 지배하고 있는 것임을.

"나 꽤 친절하지 않아?"

흑제의 입가에는 여전히 비릿한 웃음이 걸려 있었다.

그런데 그 웃음이 어느 순간 천천히 굳어지며 얼굴 전체가 돌덩이를 보는 것처럼 굳어지기 시작했다.

"옛날에도 이 사실을 알아버린 계집이 있었어. 마누라로 삼았던 계집인데, 그년이 그걸 또 여기저기 떠들고 다녀 버린 거야."

"……."

"……."

"덕분에 정말 죽을 뻔했지 뭐야? 백 년 정도야 잠 한 번 자는 시간으로 충분하지만 확실히 짜증이 났지. 그래서 말인데……."

마주 서 이야기를 듣고 있던 진무가 갑자기 부들부들 떨기 시작했다.

방금 전 자신의 몸뚱이를 빼앗겼던 낯설고도 두려운 기

분에서 완전히 벗어날 사이도 없이 이제껏 느껴지지 않았던 또 다른 기운이 흑제로 부터 뿜어져 나오기 시작한 것이다.

그것은 명백한 살의였다.

그의 음성에서 눈빛에서 또 전신에서 소름 끼치도록 무서운 살의가 끝도 없이 퍼져 나갔다.

"…조금이라도 그럴 가능성이 있는 것은 모조리 죽일 거야."

"……!"

"……!"

"무공이란 걸 아는 놈들은. 전부 다."

할 말을 모두 끝냈다는 듯 휙 뒤돌아선 흑제가 명령했다.

"죽여!"

여태 비틀비틀 서 있던 죽었다가 다시 일어선 사파인들이 일제히 메뚜기가 뛰듯 허공으로 치솟았다.

차창!

쾅!

"크악!"

"으윽! 막아!"

시체들이 주변의 살아 있는 무인들을 뒤덮어가며 또다시 한바탕 싸움이 벌어졌다.

하지만 그건 싸움이라 부를 수도 없었다.

깨어난 시체들은 몇 배는 빨라졌고 몇 배는 강해졌다.

찔리고 베이고 잘려도 죽는 법이 없었다.

이미 목이 잘린 상태로 살아 있는 자들을 공격해 오는 그 모습은 그야말로 명부에서 올라온 악귀들과 다름없었다.

그러나 그 무엇보다 두려운 것은 그 악귀들에게 죽은 이들이 순식간에 또 다른 악귀가 되어 벌떡 일어선다는 것이었다.

이를 지켜보는 모든 이에게 순식간에 공포가 전염될 수밖에 없었다.

"저자를 죽여야 한다!"

정파인들마저 두려움에 질려 뒷걸음질 칠 생각부터 했다.

죽어 일어선 시신들이 천야평을 급속도로 채워가고 있는 그 와중에 검성 엽무백의 음성이 터져 나왔다.

"저자를! 저놈을 죽여야 해!"

검성이 검끝을 세워 흑제를 가리켰다.

그러면서도 정작 자신은 달려들지는 않고 주변의 인물들에게 나서기를 독려했다.

아니나 다를까 흑제 쪽을 향해 수많은 이가 달려나가기

시작했다.

중앙의 악귀처럼 들러붙는 시신들을 무시한 정파 고수 수십 명이 일제히 흑제를 향해 쇄도해 들어갔다.

"우아앗!"

"죽어라!"

섬전신창이란 별호의 창천문주 이응교와 천예검군이란 별호를 가진 북검회 부회주 조문신이 가장 선두에서 흑제를 향해 창과 검을 뻗어갔다.

슈숙!

슈앙!

가히 폭풍 같은 기세를 지닌 창과 검이었지만 그것이 흑제를 어쩔 수 있을 것이라 여긴 이는 아무도 없었다.

흑제 또한 그저 얼굴에 비릿한 웃음을 지은 채 두 사람을 가만히 지켜보다 천천히 손바닥을 들어 올렸을 뿐이다.

후아아앙!

일순간 흑제의 손바닥에서 엄청난 기파가 서리더니 칠흑보다 더욱 새까만 장인이 뿜어졌다.

마치 거대한 악마의 손을 보는 듯 무시무시한 손톱이 달린 손바닥이 뚜렷한 형상을 그려냈다.

슈악!

거인의 손바닥 같은 엄청난 크기의 손!

전설 속에서 회자되는 천마의 무공 천마수(天魔手)가 틀림없었다.

압도적 위용의 천마수가 단 일 수에 정파 고수들을 휩쓸어 버릴 것이 자명해 보이는 그때.

"으헉!"

내내 입가에 비릿한 미소를 짓고 있던 흑제의 눈동자가 갑자기 튀어나올 듯 커졌다.

지지지징!

연달아 흑제의 눈에서 마치 유리가 깨지는 듯한 기이한 소리까지 토해졌다.

전방을 쓸어가던 엄청난 크기의 천마수가 거짓말처럼 사라지고 이용교의 창과 조문신의 검이 그대로 흑제의 몸뚱이를 꿰뚫고 베어갔다.

퍽!

서걱!

"컥!"

심장이 꿰뚫리고 어깨부터 허리까지 그대로 쪼개진 흑제가 고통에 찬 얼굴로 뒷걸음질 쳤다.

깨진 유리알 같은 두 눈이 부릅떠진 흑제는 잠시간 그 자리에 선 채 부들부들 떨기만 했다.

그리고.

슈아아악!

흑제의 몸뚱이에서 쑥 빠져나온 시꺼먼 그림자가 무언가에 잡아끌리듯 엄청난 속도로 하늘 끝으로 사라져 버렸다.

썩은 고목처럼 쓰러진 흑제의 몸뚱이가 잠시 부들부들 떨리다 이내 잦아들었다.

그와 동시에 천야평을 가득 메워가던 움직이는 괴이한 시신들 또한 한꺼번에 허물어졌다.

흑제를 죽인 이웅교와 조문신마저 당황한 표정을 짓고 있으니 다른 이들의 반응 또한 전혀 다를 바가 없었다.

정파든 사파든 화산파든 모두가 넋이 나간 표정으로 멀뚱거릴 뿐이었다.

그 순간 누군가 소리쳤다.

"이… 이겼다!"

"우리가 이겼다!"

"와와!"

승리의 함성이 들불처럼 번지며 천야평을 채워가기 시작했고, 그 순간 검성의 눈이 날카롭게 번뜩였다.

"아직 끝난 게 아니다!"

검성의 손끝이 향한 곳은 다른 누구도 아닌 화산파의 도사들이었다.

*　　*　　*

"흠! 이게 영물의 내단이란 건가?"

손안에 든 주먹만 한 구슬을 이리저리 살피는 염호의 눈에 살짝 짜증이 감돌았다.

고래인지 거북인지 모를 거대한 짐승의 배를 갈라서 꺼낸 구슬이었다.

온통 시꺼먼 빛으로 둘러싸인 구슬.

보통 이런 걸 내단이라고 할 텐데 아무리 봐도 영 꺼림칙했다.

이딴 걸 먹는다고 해봐야 내공 좀 늘어나는 게 전부일 텐데 그깟 내공이야 이젠 차고 넘칠 만큼이었다.

"에잉! 역시 찝찝해!"

흑뢰정을 꺼내 든 염호가 그대로 시꺼먼 구슬을 쪼개 버렸다.

파작!

산산조각 난 구슬을 보며 염호는 그제야 잘했다는 듯 고개를 끄덕끄덕 거렸다.

염호가 흑제의 환혼주(還魂珠)를 깨버렸다.

그래 봐야 염호에겐 별 대수롭지도 않은 것일 뿐이었다.

"이제 어쩐다? 쩝……."

거센 파도가 부딪쳐 오는 바위 위에 선 염호가 망망대해를 보다 멋쩍은 표정으로 입맛을 다셨다.

멀고 먼 해남까지 찾아온 목적은 대충 해결한 것 같았다.

하지만 앞으로의 일이 고민이었다.

정말로 십만대산까지 가서 지저마궁 안에 들어가 볼 것인지, 아니면 그냥 이대로 떠나 서역으로 세상 구경이나 할 것인지 선택하기 힘들었다.

대충 '이만큼 했으면 됐지' 하는 생각으로 휙 가버리기엔 죽어가던 취벽의 마지막 당부가 여전히 찝찝하고 켕기는 느낌이었다.

"따지고 보면 나랑은 별 상관도 없는데……."

머릿속은 분명 그렇게 말하는 것 같았다.

그런데 마음이 그렇지 않았다. 뭔가 불안하고 불편한 어떤 감정들이 개운치가 않았다.

"쩝~! 그것들이 자꾸 눈에 밟히니……."

염호의 머릿속으로 하나둘씩 화산파 제자들의 얼굴이 나타났다 사라지길 계속했다.

가장 먼저 진무가 떠오른 것이야 이상할 것이 전혀 없지만 순하고 착해 빠진 장로들이나 유난히 잘 따라줬던 젊은 제자들에 대한 기억, 거기에 청아원 꼬맹이들의 모습까지

하나하나 생생했다.

　인연은 물론 미련마저 다 끊자고 매정하게 나왔는데 화산파와 멀어지면 질수록 자꾸만 가슴 어딘가가 뻥 뚫려 버린 기분이었다.

　처음 작았던 구멍이 점점 더 커져가는 기분.

　"나도 참⋯⋯."

　변죽이 일어도 이렇게 일어날 수 있을까 싶었다.

　혹시라도 이런 마음이 들까 돌아갈 여지조차 남겨두지 않고 진짜 정체까지 다 까발렸는데, 결국 속마음은 그게 아니었다는 것을 깨달아 버린 것이다.

　"에효~! 결국 나는 천살마군이잖아⋯⋯."

　씁쓸한 듯 혼잣말을 뱉은 염호가 '끙' 하는 소리와 함께 바위에서 일어섰다.

　온통 바닷물뿐이 보이지 않는 곳 한가운데서 지지리 궁상을 떨어봐야 신세만 처량해질 뿐이라는 것을 알기 때문이었다.

　일단은 해남도 쪽으로 가서 타고 온 배를 찾고 난 뒤 일정을 생각해 볼 참이었다.

　그렇게 땅을 박차려던 염호가 갑자기 고개를 갸웃거렸다.

　"잉?"

조금 전 부숴 버렸던 시꺼먼 구슬의 잔해들이 갑자기 부르르 떨린 것이다.

거기서 끝이 아니었다.

바위틈 여기저기 널브러져 있던 찌꺼기 같은 파편들이 일제히 진동하더니 갑자기 허공으로 떠올라 버린 것.

깜짝 놀란 염호가 다시 한 번 눈을 치켜뜨며 긴장한 기색으로 반보를 물러섰을 때였다.

파지지지지!

산산이 흩어졌던 조각들이 서로를 향해 엉기더니 순식간에 본래의 구슬 모습으로 돌아왔다.

겉면에 거미줄 같은 실금이 잔뜩 난 구슬이 저 혼자 허공에서 둥둥 떠 있는 걸 코앞에서 지켜보는 염호의 표정 역시 심각해질 수밖에 없었다.

그렇다고 그런 상태가 오래갈 리 없었다.

염호는 더 이상 지체 없이 흑뢰정을 뽑아 들었다.

손도끼를 들고 재빠르게 구슬을 쪼개 버리려는 것이다.

뭔가 찝찝하면 일단 저지르고 보는 성정.

그런데 예기치 못한 일이 벌어졌다.

슈― 아― 아― 아― 아!

멀리 수평선 끝에서부터 시꺼먼 섬광이 눈 깜빡할 사이 구슬을 향해 쏘아져 온 것이다.

펑!

시꺼먼 구슬에 시꺼먼 섬광이 꽂히더니 나직한 폭음이 한 차례 터져 나왔다.

연이어.

화르르륵!

시꺼먼 구슬 주변으로 시퍼런 불꽃이 선명한 빛을 내며 타올랐다.

"뭐… 뭐냐?"

흑뢰정을 번쩍 치켜든 자세 그대로 염호의 얼굴이 사납게 일그러졌다.

둥실 떠 있던 구슬은 염호의 눈높이까지 부상했다.

"으잉?"

염호는 또다시 묘한 소리를 토했다.

둥둥 떠 코앞으로 온 시꺼먼 구슬 안에 붉은색 눈동자가 보였기 때문이었다.

염호 자신을 죽일 듯이 쏘아보는 쭉 찢어진 붉은 눈.

그렇다고 그런 거에 위축감을 느낄 염호가 절대 아니었다.

"어쭈? 째려봐?"

쉬익!

흑뢰정이 내려꽂히는 찰나의 순간 구슬 안의 눈빛이 동그랗게 치떠지는 것이 보였지만 그게 염호에게 뭐 대수겠는가.

퍽!

파장창!

귀화를 뿜던 구슬이 흑뢰정에 맞아 또다시 산산이 조각났다.

"뭔데? 이 찌끄러기는?"

별것도 아닌 거에 잠시 긴장한 데 열이 뻗친 염호가 잘게 쪼개진 구슬의 파편들을 발끝으로 툭툭 건드렸다.

순간 다시 한 번 파편들이 부르르 떨리기 시작했다.

둥실 떠오른 뒤 지지직 소리와 함께 다시 본래의 모습으로 돌아온 구슬.

연이어 화르르르륵 소리와 함께 푸른 귀화가 다시 구슬 주변을 감쌌다.

"어쭈? 해보자는 거지?"

휙 하고 흑뢰정을 다시 번쩍 드는 그 순간.

잠… 잠깐!

"어? 말을 하네?"

흑뢰정을 번쩍 치켜 뜬 채로 염호가 신기한 듯 눈을 번쩍거렸다.

구슬 안에는 이제 쭉 찢어진 눈뿐만 아니라 붉은 입술까지 그려져 있었다.

나는… 어둠 속에서 태어난 마의 시조이며 모든 악의 근원이며…….

"뭐래? 병신이…….."

쉬익!

파장창!

다시 한 번 구슬을 산산이 쪼갠 염호가 떨어지는 파편들을 향해 손바닥을 쭉 내뻗었다.

후앙!

염호의 손에서 뻗어 나간 강맹한 장인이 파편을 휩쓸어 아예 눈에 보이지 잘 보이지 않을 정도로 만들어 버렸다.

거기에 장력에 휩쓸린 파편들은 어디로 흩어졌는지 모를 정도로 바닷물 여기저기 휩쓸렸다.

그러고도 염호는 뭔가 뒷맛이 남은 개운치 않은 표정으로 눈을 찡그린 뒤 거세게 출렁이는 바닷물을 꼼꼼히 살폈다.

　한참을 그렇게 살피던 염호의 얼굴이 다시금 와락 일그러졌다.

　거세게 흩어지는 파도의 포말 속 여기저기에서 먼지 같은 것들이 일제히 떠올라 한곳으로 뭉쳐지는 것을 본 것이다.

　화르르륵!

　잔뜩 모여든 먼지 가루 같은 것이 뭉쳐지더니 다시 본래의 구슬로 되돌아가 시퍼런 귀화를 피워 올렸다.

　독기가 번뜩이는 염호의 얼굴엔 '요걸 어쩔까' 하는 짜증이 고스란히 드러나 있었다.

　살벌한 표정으로 염호가 구슬을 노려보는 그때였다.

　구슬 안에서 생겨난 쭉 찢어진 붉은 눈이 염호를 보더니 움찔거렸다.

　슈웅!

　잽싸게 그대로 바다를 가로질러 내빼기 시작하는 구슬을 보며 염호가 순간 어이없다는 표정을 지었다.

　"감힛! 그냥 토껴?"

　일갈과 함께 염호가 손을 쭉 뻗으며 극한의 몰천력을 끌어 올렸다.

　핑!

얼마 내빼지도 못하고 바다 위에서 우뚝 멈춰 버린 구슬이 염호의 손끝을 향해 점점 딸려오기 시작했다.

　　결국 턱 하고 염호의 손안에 붙잡힌 구슬.

　　잠… 잠깐!

　　"잠깐은 뭔 잠깐?"

　　내 이야기를 들어라… 나는 불사의 존재이며 차원의 여행자다!

　　"불사? 차원……?"

　　나는 수만 년 전부터 이곳에 존재했고 앞으로도 영원히…….

　　"어쩌라고? 졸라 오래 살았으니 미련도 없겠네?"

　　아…….

　　"맞다! 그러니까 네가 그놈이네. 취벽이 말한?"

구슬은 더 이상 말이 없었다.

다만 쭉 찢어진 구슬의 눈이 좌우를 힐끔거릴 뿐이다.

누군가 귀해도를 찾아내고 환혼주를 부쉈다면 자신의 정체를 알고 있다는 의미였다.

그리고 취벽이란 이름은 구슬의 주인 역시 똑똑히 알고 있었다.

"요거 눈깔 굴리는 거 봐라?"

염호가 으름장을 놓자 구슬 안의 얼굴이 그대로 경직됐다.

염호는 구슬을 한 손에 움켜쥔 상태 그대로 잠시 동안 고민했다.

"니가 뭔지는 잘 모르겠지만 그러는 거 아니다."

…….

"내가 그거 죽이면서 얼마나 마음 아팠는지 아냐?"

염호가 말하는 것은 바닷속에 갇혀 끝없는 세월을 살아온 정체 모를 짐승이었다.

이 이봐! 나는 너에게 모든 것을 줄 수 있다. 원한다면 불사의 비술도 주겠다. 세상을 줄 수도 있고…….

"조용해라!"

…….

"아무리 말 못할 짐승이라도 그러는 거 아냐. 얘가 그 긴
세월 동안 얼마나 괴로웠으면… 쩝!"

염호는 바닷속에 갇혀 있던 그놈 때문에 마음이 너무 짠
해졌다.

쇠사슬에 묶인 채 얼마나 오랜 시간을 그렇게 갇혀 있었
는지 짐작도 되지 않았다.

토굴에 수십 년 갇혀 지낸 기억을 가진 염호였다. 그러니
그 짐승이 겪었을 시간이 얼마나 괴로울지 조금이나마 짐
작이 되어 너무도 가슴이 미어졌다.

측은한 눈으로 죽여달라고 애원하던 짐승의 눈빛이 아직
까지도 쉬 잊히지 않았다.

"그래서 말인데! 너 안 죽는다고?"

그러니까 나는……!

"시끄러, 새퀴야!"

첨벙!

구슬을 든 채 바다로 풍덩 뛰어든 염호.

거센 와류가 몸을 휘감았지만 염호의 몸뚱이는 그대로 심해 속으로 쭉쭉 내려앉았다.

순식간에 한 치 앞도 안 보이는 어둠의 지저 바닥까지 내려선 염호가 눈을 번뜩였다.

수면 위까지 뻗어 오른 바닷속 절벽을 살핀 염호가 그사이 작은 틈을 발견하곤 그 속으로 구슬을 끼워 넣었다.

이… 이러지 마! 원하는 건 뭐든지!

어떻게 전해지는지 머릿속으로 선명하게 들리는 목소리에도 불구하고 염호는 전혀 멈칫거리지도 않았다.

구슬의 눈빛이 더욱 당황이 역력한 모습으로 변하며 다시금 수중을 통해 그 음성이 들려왔다.

뭐든! 뭐든 다 해준다! 무엇이든!

그러거나 말거나 염호는 전혀 개의치 않고 구슬을 완전히 벽면 안쪽으로 밀어 넣은 뒤 흑뢰정을 꺼내 주변의 벽면을 사정없이 부쉈다.

쿠쾅! 쿠쾅!

나, 나는 어둠의 권속으로 태어난 존재이며 세상의 모든 비
밀을 알고…….

영락없이 돌무더기 틈에 끼인 구슬의 눈빛이 다시 애원
하듯 절규했지만 염호는 콧방귀를 꼈다.

뒤로 멀찌감치 떨어진 염호가 등 뒤에 메고 있던 패왕부
를 꺼내 들었다.

후우우우웅!

패왕부 주위로 엄청난 와류가 밀려들자 이제껏 절규하던
구슬의 눈이 휘둥그레 변했다.

헉! 천살마공!

"잉?"

패왕부가 날아가 부딪히는 동안 염호 또한 황당한 얼굴
이 될 수밖에 없었다.

쿠콰콰콰쾅!

그사이 바닷속으로 엄청난 지각 변동이 시작됐다.

섬의 밑동을 완전히 갈라 버린 패왕부 때문에 엄청난 절

벽이 그대로 무너지기 시작한 것이다.

물속에 있으면서도 엄청난 진동이 고스란히 전해졌고 그 난리가 나는 동안 염호는 잠시 동안 멍한 표정으로 거대한 돌무덤으로 변해가는 지저면을 지켜보기만 했다.

'천살마공을 알아? 어떻게?'

염호는 정말로 황당한 기분이었다.

생각 같아선 무너져 내리는 절벽들 틈에서 다시 한 번 구슬을 꺼내 물어보고 싶을 정도로.

하지만 이미 거대한 산자락처럼 변한 심해를 본 염호는 휙 하니 신형을 돌렸다.

츄아아아!

물살을 가르며 되돌아온 패왕부를 척 낚아챈 염호가 수면 위를 향해 손을 번쩍 들어 올렸다.

슈앙!

촤아악!

그대로 허공까지 치솟은 염호가 주변을 보며 살짝 당황한 표정이었다.

물도의 갯바위 군이 통째로 주저앉아 버린 것이다.

그러고 나니 거세기가 이를 데 없던 와류마저 감쪽같이 사라지고 없었다.

너무나 평온하고 잔잔한 바다가 되어버린 곳, 그 물결을

한참이나 가만히 지켜보던 염호가 미련 없이 신형을 돌렸
다.

　"나중에… 나중에… 진짜로 할 일이 하나도 없으면 다시
와서 물어봐 주마."

第六章

한때는 천하제일세라 칭송받았던 강호무림의 중심 용천
장의 후원.

　정갈하고 너무도 깔끔해 그림으로 그려놓은 것처럼 변치
않던 그 화원 곳곳에 시든 꽃들과 지저분한 잡풀들이 자라
나기 시작했다.

　그 가운데 규중화 연산홍이 서 있었다.

　용천장에 거하는 시간 대부분을 이곳을 가꾸는 데 사용
하던 그녀가 한 손에 가위를 든 채 너무도 깊은 눈길로 흐
트러져 가는 화원을 지켜보고 있는 것이다.

"어쩌실 셈이십니까?"

천하십강의 일인이며 금강영왕이라 불리는 서귀, 용천장의 총관이며 한때는 용천장의 실세로 천하 경영의 중추에 섰던 인물이었다.

하지만 지금의 서귀에게서 지난날의 모습을 찾기는 쉽지 않았다.

이가 대부분 털려 홀쭉해진 두 볼과 거칠기 이를 데 없는 피부에 두 눈은 멍이 든 것처럼 퀭했고 없어진 이가 흉해 보일까 입을 오물거리고 말하는 모습조차 참으로 초라해 보일 뿐이었다.

연산홍이 아무런 답이 없자 서귀가 다시 말문을 열었다.

"요천이 죽었습니다. 북검회 부회주 조문신과 창천문주 이응교 따위에게……."

"……."

"장주! 그사이 사령신 장패가 사파를 규합했고 정파와 사파, 그리고 화산파가 대립한 상태로 시신 수습을 위해 지난밤부터 지금까지 한시적으로 싸움을 멈춘 상태입니다."

"……."

"더는 두고 볼 수 있는 상황이 아닙니다. 검성 쪽 전력이 압도적입니다! 이대로라면 그 음흉한 늙은이에게 정파뿐 아니라 강호 전체가 먹히고 말 것입……."

"서 총관."

홍분과 더불어 점점 격해지는 서귀의 목소리를 연산홍의 청아한 목소리가 뚝 끊어버렸다.

서귀는 자세를 바로 하고 그녀의 뒷모습을 더없이 공손한 자세로 지켜봤다.

"꽃들이 시들어가고 잡풀이 무성해지려고 해요. 보기에 어떤가요?"

"네?"

"전 괜찮다고 생각합니다. 이것도 나쁘지 않구나 하고……."

"무슨 말씀이신지……?"

무엇을 빗대어 말해도 그녀의 의중을 단번에 이해하던 서 총관이 이번엔 그 속뜻을 몰라 어리둥절한 얼굴이었다.

"이전까지 제게 이곳을 가꾸는 일은 천하를 경영하는 일과 다름없었습니다."

"……."

"이런 작은 화원조차 내 의지와 뜻대로 하지 못한다면 어떻게 천하라는 커다란 그림을 그릴 수 있겠냐 하고."

"하지만 장주님……."

"그런데 어떤가요? 가만히 버려뒀는데 어때 보이죠? 전 괜찮아 보이네요. 나쁘지 않구나. 아니, 진짜로 이제야 살아 있는 것들을 본 것 같아요."

"……."

"이 시들어가는 꽃들이 피워내는 마지막 향도… 살겠다
고 땅을 뚫고 올라오는 잡풀들도… 삐죽거리는 저 가지들
도 전부 다… 살고자 하는 겁니다."

"장주님!"

"애초에 이것들을 가꾼다는 것이 의미가 없다는 겁니다.
애초에 나는… 아니, 우리 용천장은 세상을 경영할 자격 같
은 것은 없었던 겁니다."

"……."

서귀는 말문이 완전히 막힌 듯 눈을 치켜뜨고 가만히 연
산홍을 지켜보기만 했다.

한동안 두 사람 사이엔 아무런 말도 없었다.

이렇게까지 쉽게 풀었으니 서귀가 그녀의 뜻을 읽지 못
할 리가 없었다.

잔뜩 달아올랐던 서귀의 표정이 어느 순간 조금씩 아주
담담하게 변해갔다.

"총관 서귀, 장주님의 뜻을 받드옵니다. 제원풍무세의 발
동을 풀 것이며 화산에 보내놓은 아이들 역시 불러들이겠
습니다."

서귀가 전과 다른 담담한 목소리로 말을 잇자 연산홍이

그제야 뒤돌아서 서귀를 바라봤다.

　서귀를 바라보는 그녀의 표정에 고마움이 서렸고, 서귀
는 그런 연산홍을 향해 다시 한 번 고개를 깊게 숙였다.

　"앞으로 용천은 용천의 이름 아래 있는 것들을 지키며 살
겠습니다, 장주님……."

　천천히 시선을 올린 서귀를 향해 연산홍이 고개를 힘차
게 끄덕였다.

　서귀도 입가에 옅은 웃음을 지으며 뒷걸음질로 물러나려
할 때 연산홍의 입이 다시 열렸다.

　"그것을 깨우쳐 준 이가 화산이었습니다."

　"……!"

　"저에게 조급하지 말라고 했습니다."

　"장주님?"

　"이 나이에 이만큼 강하고, 이만한 세력을 지녔고, 또 언
제인가 세상에 우뚝 설 것인데 무엇이 그리 조급하냐고 했
습니다."

　"장주님! 그자는……!"

　다급히 목소리를 높이던 서귀의 머릿속으로 불현듯 해죽
웃고 있는 앳된 소년의 모습이 파고들었다.

　떠올리는 것만으로도 너무 두려워 모든 이성을 마비시키
는 존재.

이제는 모든 게 이해됐다.

그는 천살마군이다.

백 년 전 천하를 뒤흔들었던 대마두 천살마군 염세악!

그 사실을 전해 들은 순간 그 어린 꼬맹이에게 당한 패배도 이해됐고, 완벽한 무력감도 이해됐으며, 끝도 없이 피어오르는 두려움도 모두 이해됐다.

다만 이성이 아니라 자신의 몸뚱이와 본능이 그에 대한 무지막지한 두려움을 도저히 떨쳐 내지 못한다는 사실마저도 모두 인정하게 된 것이다.

이를 꽉 깨물면서 필사적으로 저항해 보려 했지만 온몸이 떨리고 몇 개 없는 이가 그대로 빠져 버릴 듯 아려오는 것을 막을 수가 없었다.

그런 서귀를 바라보는 연산홍의 눈빛이 점점 더 깊어만 갔다.

한참이나 말이 없던 연산홍의 붉은 입술에서 나직한 음성이 흘러나왔다.

"나는 화산으로 가겠습니다."

"에……?"

부들부들 떨던 서귀가 화들짝 놀라 눈을 동그랗게 치떴다.

"용천장주가 아닌 연산홍으로 가는 길입니다."

"그… 런… 아니, 대체 왜 그곳엘?"

"흘러간 것은 잊히는 겁니다. 이미 떨어진 꽃잎들처럼."

"……?"

"다시 피어난 꽃봉오리는 이미 삭아 엎어져 거름이 된 꽃잎과 다릅니다."

"장주님!"

"그가 마인이라면 세상에 마귀 아닌 자가 어디 있겠습니까?"

"……!"

"나 연산홍은 화산파의 편에 설 것입니다."

＊　　　＊　　　＊

천야평 도처에 가득하던 시신들은 이제 눈에 띄지 않았으나 흩뿌려진 피와 짙은 혈향만은 곳곳에 가득했다.

무수한 이가 죽어 나갔음에도 검성이 이끄는 정파 쪽 무림인의 수는 그사이 오히려 늘어나 버렸다.

장강 이남 쪽 문파들이 새벽녘에 당도해 검성 아래로 머리를 숙인 것이다.

그 숫자만 해도 삼천 명에 이르렀다.

한때 남도련이란 이름으로 하나였던 그들이 이번 화산파

사태를 기회로 하나로 힘을 모은 것이다.

그들 또한 화산파에게 씻을 수 없는 모욕을 당하고 힘에 짓눌려 반강제로 해산된 지난 일을 잊지 않고 힘을 규합한 것이다.

그 모든 것을 진행하고 저울질한 이는 다른 누구도 아닌 명견혜도 사마군이었다.

그런 사마군을 보필하고 있는 열두 명의 고수가 존재했다.

바로 천룡십이숙.

야도가 직접 키웠으며 오직 야도만을 따르던 극강의 도객들이 천룡십이숙이었다.

그런 이들이 사마군과 함께 움직인 것이다.

야도가 화산파에 반강제로 억류되어 있다는 고급(?) 정보를 입수한 그들이 새롭게 규합된 남도련을 이끌고 검성에 합류해 버린 것이다.

이는 가뜩이나 우위를 차지하던 정파 진영을 압도적으로 만들어 버렸다.

사파 무인들이 아무리 사령신 장패 아래 똘똘 뭉쳤다고 하지만 절반이 넘게 죽어 나가 고작 칠팔백의 숫자밖에 남지 않았다.

그 전력으로는 거의 열 배에 달하는 정파 진영에게 대항해 봐야 도저히 이길 수 없다는 것을 너무 잘 아는 것이다.

하물며 화산파 도사의 숫자는 다 해봐야 고작 백여 명을 웃돌 뿐이었다.

아무리 화산파 도사들이 출중한 무위를 뽐냈다 해도 해보나 마나 한 싸움이라 여길 정도였다.

다만 궁지에 몰려 갈팡질팡하는 사파인들과 달리 화산파 도사들은 늙거나 젊거나 상관없이 그 모든 상황을 의연한 눈으로 지켜보고 있다는 것이 다를 뿐이었다.

"호오? 죽음을 각오했다? 당연히 두렵지도 않을 것이고."

"역시 소문으로 듣던 명견혜도의 혜안은 남다릅니다."

"하하하하! 별말씀을! 좌 군사의 별호가 통천심안(通天心眼)이 아니십니까? 부끄러울 따름이지요."

"사마 군사야말로 어려운 결단을 내려주셨습니다. 우리가 이렇게 한편이 될 줄이야! 참으로 새옹지마가 아니겠습니까."

"하하하하! 다 너그럽고 덕망 높은 검성 어르신의 덕이 아니겠습니까."

주거니 받거니 서로를 띄워주는 사마군과 좌문공.

한때는 남도련과 북검회란 이름으로 수없는 지략 싸움을 해온 이들이 한자리에 선 것이다.

눈앞에 툭 던져진 먹잇감을 어찌 나눌까 하는 속내를 음흉하게 감춘 채 둘의 대화는 주거니 받거니 한참이나 계속됐다.

그 음성들은 너무도 또렷하게 반대쪽 사파인들과 화산파 도사들에게도 전해졌다.

"우리도 힘을 합치는 게……."

사파인 중 누군가 조심스럽게 다가와 장패에게 입을 뗐다.

본래 돌덩이처럼 보이던 얼굴이 더욱 사납게 일그러졌다.

"아직도 누가 누구와 싸워야 하는지 모르는 것이냐? 멍청한 놈들!"

"……."

"최소한 화산파는 그것을 알고 있으니 쓸데없는 소리 하지 마라."

장패의 의중은 화산파에게 분명히 전달됐다.

반면 화산파 도사들은 그 어떤 속내도 내비치지 않고 모든 상황을 담담하게 지켜볼 뿐이었다.

"오호? 마에 이어 사파와도 손을 잡으시겠다?"

그 이죽거림은 남도련의 군사 사마군의 입에서 흘러나왔다.

순간 추임새라도 넣듯 좌문공의 말이 이어졌다.

"역시 사파의 종자놈들이구나. 저 살겠다고 동료를 죽인 자들과 힘을 합치다니!"

좌문공의 음성까지 더해지자 사파인들은 이제 오도 가도 못할 지경에 처해 버렸다.

그 당황하는 꼴들을 보며 좌문공과 사마군이 서로를 보며 히죽 웃었다.

싸움은 힘으로 하지만 전쟁은 머리로 하는 것이라는 것을 추호도 의심하지 않는 두 사람이다. 이제껏 머리 하나만으로 각기 강북과 강남을 떡 주무르듯 가지고 놀았던 이들에게 궁지에 몰린 사파 따위를 상대하는 일은 식은 죽 먹는 것보다 쉬운 일일 수밖에 없었다.

당대 최고의 지략가로 통하는 두 사람이기에 한마디를 해도 척척 들어맞고 눈빛만 봐도 뭘 해야 하는지 통하는 것이다.

너무도 닮은 두 사람.

그 둘에게는 또 하나의 공통점이 존재했다.

바로 화산파.

더 정확히는 검신, 아니, 천살마군이란 공통점이 있었다.

처절한 패배를 넘어 무력감과 절망감을 주며 이제껏 알아왔던 모든 지략을 휴지 조각으로 만들어 버린 인물을 안다는 것이다.

상식을 뛰어넘는 존재.

아무리 머리를 쥐어짜고 비틀어도 어떻게 해결할 수가 없었던 존재.

지금 두 사람은 힘을 합쳐 이번에야말로 뼛속까지 박혀 있는 패배 의식을 떨쳐 내고 싶었다.

그런 모든 상황이 서로 한 배를 탄 느낌을 주고 평생의 지기 같은 동질감을 지닐 수 있게 만든 것이다.

"자, 어떻게 요리를 할까나?"

"음식은 하나씩하나씩 맛보다 보면 배가 차지 않겠습니까?"

"하하하하! 역시 같은 생각이구려."

"저 역시!"

"그럼 맛있는 음식을 뒤로하는 걸로?"

"정찬은 여흥을 즐긴 뒤가 좋은 법이지요. 하하하하하!"

사마군의 호탕한 웃음소리가 점점 커다랗게 변하는 그때였다.

"으잉?"

"허?"

여태 입가에 웃음을 참느라 애를 쓰던 둘의 얼굴이 삽시간에 굳어졌다.

"우리가 왔다!"

두두두두두!

백여 필의 말이 화흠현을 가로질러 달리며 힘찬 말발굽 소리를 퍼뜨렸다.

선두에서 앞서거니 뒤서거니 하며 연신 채찍질을 하는 똑 닮은 두 형제, 바로 설매산장의 은호청 은호열이었다.

북쪽 끝 산서 땅 태원에서 출발해 며칠간 거의 쉬지 않고 말을 달려온 두 형제의 얼굴은 땀방울과 흙먼지로 뒤범벅이 돼 있었다.

다만 그 눈빛만은 생생히 살아 있어 수천 명이 넘는 적과 대치 중인 화산파의 상황을 보고도 전혀 위축됨이 없었다.

"우리가 왔다."

"우린 대화산파의 속가 설매산장이다."

은호청이 목청을 높이고 은호열이 이를 되받았다.

천야평을 가득 메운 시선이 그렇게 나타난 설매산장 무인들을 향해 집중될 수밖에 없었다.

두 아들을 앞세운 채 화산파와 명운을 함께하기로 결심하고 이 자리까지 내달려 온 사자검 은목서 역시 부리부리한 눈을 치켜뜨며 소리쳤다.

"설검대는 좌현으로, 풍검대는 우현으로!"

손을 뻗쩍 들어 명을 내리자 은호청을 따라 설검대가 좌측으로 선회를 시작했고, 풍검대는 은호열을 뒤따라 말머리를 우측으로 돌려 정면을 길게 가로막고 선 정파 진영을 우회했다.

정파 쪽에서 나서 길을 차단한다면 합류를 막을 수도 있는 상황이었지만 검성은 이를 좌시했다.

눈치를 보는 좌문공과 사마군에게 움직이지 말 것을 명령한 것이다.

"너무 싱거우면 먹는 맛이 없지 않겠는가?"

조소가 실린 검성의 음성에 좌문공과 사마군은 그 뜻을 이해하고 머리를 조아렸다.

고작해야 백여 기의 인마(人馬)였다.

거의 무림의 변방이나 다름없는 산서 땅에서 방귀 좀 뀌는 수준의 문파 설매산장.

그들이 합류했다고 해서 이 싸움에 티끌만큼의 영향도 없을 것이란 사실을 군사인 두 사람 모두 잘 알고 있는 것이다.

그사이 좌우로 크게 선회를 시작한 두 무리의 인마가 정파와 사파 무리를 지나쳤다.

이히히잉!

화산의 초입을 당당히 지키고 선 본산의 도사들 앞에 이른 말들이 거칠게 울음을 토했다.

타탁! 타타타타탁!

말을 세우자마자 설매산장의 무인들이 일제히 안장을 박차고 날아올라 장문인 앞에 무릎을 꿇었다.

처처처처처척!

절도 있게 무릎 꿇는 소리와 거기에 담긴 기백이 곳곳으로 퍼져 나갔다.

그들 설매산장의 선두엔 당연히 장주인 은목서가 있었고 그 뒤로 은호청 은호열 형제가, 다시 그 뒤로 설검대와 풍검대의 무인들이 극공의 자세로 본산에 대한 예를 표했다.

"설매산장의 은목서가 장문인 이하 장로 진인들을 배알합니다."

은목서의 선창을 따라 미리 약속이나 한 듯 설매산장 무인들이 한 목소리로 외쳤다.

"본산을 배알합니다!"

우렁차게 전해져 오는 그들의 목소리에 젊고 어린 화산파 제자들의 눈가가 파르르 떨렸다.

본산의 의기를 지키기 위해 죽음마저 도외시한 채 이곳에 서 있는 제자들이었다.

그런 마음으로 이곳에서 벌어지는 일들을 굳건히 지켜봐 왔다.

그렇다고 해도 한때나마 이곳 천야평을 가득 메웠던 속

가문파들이 떠올라 야속함과 섭섭함을 느낄 수밖에 없었던 것이다.

그들이 없어서 서운한 것이 아니었다. 속가가 있다고 전세가 뒤집어질 상황이 아니란 것쯤은 어린 제자들까지도 알고 있는 상황이었다.

다만 가슴속이 허한 것은 속가와 본산이 하나라 믿고 지냈던 짧은 시간들이 배신당한 것 같은 심정일 뿐이었다.

그런 때 설매산장이 온 것이다.

수천의 적이 둘러싸고 있는 이곳 천야평으로, 죽을 것을 뻔히 알면서도 함께 싸우기 위해 달려온 것이다.

이는 이곳에 있는 것이 틀리지 않았다는 의미였다.

죽음으로 지키고자 하는 화산의 이름, 그것이 틀리지 않았다는 것만으로도 싸우는 의미는 더욱 커지고 전의는 더욱더 불타오를 수밖에 없었다.

그렇듯 격정적으로 반응하는 어린 제자들과 달리 장문인 진무와 장로들의 표정은 오히려 처음보다 더욱 굳어졌다.

"은 장주! 대체 무엇 때문에 오신 겐가."

진무의 목소리가 낮게 떨렸다.

그 안에 담긴 너무도 복잡한 감정이 고스란히 은목서에게 전해졌다.

모두가 외면한 이때에 찾아와 준 고마움, 결과가 뻔한 싸움에 대한 안타까움, 그럼에도 이런 처지까지 속가문파를 내몰게 만든 절실한 미안함까지…….

은목서는 진무의 그 모든 감정을 이해하고 흔들림 없는 눈빛으로 대꾸했다.

"뿌리 없는 나무가 곧게 자란다는 말은 들어본 적도 없습니다. 부디 거두어주십시오."

그제야 진무의 눈가 역시 어린 제자들처럼 격정에 휩싸였다. 진무 곁에 도열한 장로들 역시 진무와 같은 표정이었다.

잘게 떨리던 진무와 장로들의 입가에 환한 미소가 걸린 것도 그 순간이었다.

"고맙네."

진무의 따스한 눈길이 사자검 은목서를 향했고, 때마침 은목서는 고개를 살짝 돌려 은호청과 은호열을 바라봤다.

"저를 이곳까지 오게 만든 것은 제 자식놈들입니다."

이런 상황에 칭찬을 들었으니 머쓱할 수도 있었지만 은호청과 은호열의 눈빛과 표정 또한 그 누구 못지않게 결연했다. 진무의 시선이 그 두 형제를 향할 때에도 따스할 수밖에 없었다.

그러면서도 애써 잊으려 하는 한 사람의 모습이 떠올라 먹먹한 감정이 차오르려 했다.

늘 골칫거리였던 두 형제를 저리 굳건한 장부로 만든 이
가 누구인지 너무나 잘 아는 탓이었다.

"너희들! 결국 왔구나?"

"······!"

"······!"

화산파와 설매산장 무인들이 대면을 끝내기도 전 들판의
왼쪽 끝자락에서 청아한 한 줄기 목소리가 들려왔다.

벌판 끝자락에서 먼지가 피어나도록 달려오는 인영을 보
고 은호청과 은호열이 고개를 번쩍 들었다.

"백소령?"

"백소령!"

둘은 목소리만 듣고도 단번에 그녀임을 알았다.

형제간에 서로 티격태격한 것 말고도 마지막 헤어질 때
까지 가장 많이 부딪쳤던 속가 제자가 바로 그녀 백소령이
었다.

지면을 박차며 날듯이 달려오는 그녀 뒤로 수십의 그림
자가 표홀히 따랐다.

커다랗고 붉은 매화가 그려진 새하얀 도포를 펄럭이며
날아오는 여도사들은 바로 연화팔문의 문도였다.

호북과 호남의 경계에 있는 통성에 자리한 여도사들의
문파 연화팔문.

백양산인과 한매선자로부터 옥함신공과 옥녀검을 이어받았으며, 여인들의 문파로는 유일하게 아미파에 견줄 정도로 세를 떨치는 곳이 바로 연화팔문이다.

그들이 천야평을 가로질러 화산파 본산 도사들 앞에 이르는 동안 정파 진영의 표정이 심상치 않게 변해갔다.

고작 오십여 명에 불과한 숫자라 하지만 그들이 펼친 경신공부가 실로 범상치 않음을 느낀 것이다.

그게 아니라 해도 연화팔문의 문주 양산매 하면 젊은 날에는 빙옥(氷玉)이란 별호로 그 무명을 숱하게 날렸던 여인이었다.

출중한 무공은 물론 서릿발 같은 성정과 비교하기 힘든 미모로 강호 뭇 사내의 방심을 송두리째 뒤흔들었던 여인이 바로 양산매였다.

정파 진영 쪽 인물 중 그녀의 존재를 알아본 이가 한둘이 아니었다.

세월이 흘러 희끗해진 머리칼이 그녀를 더욱 차갑게 보이도록 만들었지만 그 모습마저 아릿한 추억들을 새록새록 되새기게 만들었다.

그런 감정을 느끼고 있는 정파 쪽 인사가 한둘이 아니었다.

"연화팔문이 장문인과 장로진인들을 뵙습니다."

양산매를 앞세운 연화팔문의 문도들이 진무와 장로들에게 예를 표하는 그 순간 뜻하지 않은 음성 한 줄기가 흘러나왔다.

"양 매……."

숱한 피를 검에 묻히는 동안에도 단 한 번 흔들리지 않았던 신응담의 음성이 흘러나온 것이다.

양산매의 주름진 눈가가 신응담을 향한 뒤 말이 없었다.

그 순간 주변을 둘러싼 모두가 살짝 당혹스런 얼굴이 될 수밖에 없었다.

평소 얼음 덩어리를 보는 듯 무표정하던 양산매의 얼굴이 갑자기 격정적으로 떨렸기 때문이었다.

"신 사형……!"

"양 매……!"

신응담이 다시 한 번 그녀의 이름을 나직하고 떨리는 목소리로 부르자 장로들의 눈동자가 휘둥그레 변해갔다.

이건 누가 봐도 서로를 하염없이 그리워하는 정인의 모습이었기 때문이었다.

"설마?"

"뭐? 뭐냐? 우리 막내랑 그렇고 그런 사이……?"

제일 처음 입을 뗀 것은 대장로 손괴였고 그다음 목소린 평소 신응담을 놀려 먹기 좋아하던 장로 서림이었다.

화산파 장로들뿐 아니라 양산매를 뒤따라 온 연화팔문의
여장로들의 반응 역시 크게 다르지 않았다.

평생을 사내라는 존재를 벌레나 짐승 보듯 해왔던 자신
들의 문주가 이런 눈빛과 표정을 지을 수 있다니…….

그리고 그 가운데 누구보다 황당한 표정을 짓고 있는 것
은 백소령이었다.

"사부님……?"

어린 시절부터 지금껏 남자를 발톱의 때만큼 여겨야 한
다는 말을 숱하게 가르쳐 왔던 사부 양산매의 저 가슴 저린
표정에 백소령은 잠시간 넋이 나가 버린 얼굴을 지을 수밖
에 없었다.

화산파를 위해 떠나겠다던 자신을 그토록 반대할 때와
지금 사부 양산매의 모습이 도저히 같은 사람이라고 보기
힘들 정도였다.

그러거나 말거나 신응담과 양산매는 오직 서로의 눈을
응시할 뿐이었다.

"와주었구려."

"마지막이지 않습니까. 함께 싸우고 싶습니다."

"고맙소! 양 매."

"네……."

양산매가 조신한 새색시처럼 목소리를 낮춘 뒤 놀란 토

끼 눈을 하고 있는 백소령과 연화팔문의 장로들을 둘러봤다.

"이런 모습을 보일까 싶어 오지 않으려 했다."

"……."

"……."

"결국 왔으니 솔직해지고 싶었고……. 그분과는 젊은 날부터 인연이 있었고 얼마 전 속가의 화합 때 마음을 확인했느니라."

"문주?"

"사부님!"

장로들과 백소령이 마지막까지 설마 했던 심정으로 되물었지만 그녀는 어느새 차가운 얼굴로 되돌아왔다.

"부정한 관계가 아니다. 나는 침정궁주를 존경하며 검(劍)의 이야기를 나눌 뿐이다."

양산매의 확신에 찬 음성에 신웅담 역시 고개를 끄덕이는 것으로 답했다.

두 사람의 관계에 의심의 눈길을 피웠던 모두가 숙연해지는 그때였다.

연화팔문의 등장과 함께 잠시 옆으로 물러났던 설매산장의 무인들 가운데서 느닷없는 목소리가 튀어나왔다.

"나 은호청은 백 소저와 검우(劍友)가 되고 싶습니다."

"혀… 형! 치사하게! 이익! 나 은호열 역시 백 소저와 검으로 벗이 되고 싶소!"

두 형제의 우렁찬 목소리에 모두의 시선이 한꺼번에 몰리자 백소령의 얼굴이 덩달아 홍시처럼 붉게 달아올랐다.

이제와 다른 무엇이 상관일까 하는 생각이 순간 백소령의 머릿속을 가득 채웠다.

마지막이 될 것이 뻔히 예견된 싸움 속에 있는 것을.

백소령이 은호청과 은호열을 향해 자신의 새하얀 장검을 들어 올린 뒤 공손히 두 손으로 맞잡았다.

"저 역시 두 분께 평생의 벗이 될 것을 허락합니다."

은호청과 은호열이 입이 찢어져라 웃는 그때였다.

"나만 빼고?"

"잉?"

"어라?"

백소령의 차분함과는 다른 괄괄하고 힘이 넘치는 목소리가 낭창낭창하게 울려 퍼졌다.

"화소옥?"

"홍! 네놈들 눈에는 여자만 보이냐?"

"홍화순?"

은호청과 은호열이 놀란 눈을 치뜰 무렵 천야평을 향해 구름 떼처럼 밀려오는 인영이 보이기 시작했다.

보화전장이 자금을 대고 흑회 전체가 움직인 것이다.

홍화순과 화소옥 옆으로 금패 화중악과 흑회의 주인이자 일심무관의 관주인 홍괴불의 모습이 함께였다.

"평생 손해날 짓을 한 적이 없는데……. 딸자식을 어찌 이기겠소?"

금패 화중악의 말에 홍괴불이 씨익 웃으며 화답했다.

"하하하하! 자식들이 원수가 아니겠소. 자, 원 없이 한번 놀아봅시다."

홍괴불이 뒤돌아서 온갖 험악한 인상과 갖가지 무기를 지닌 이들에게 소리쳤다.

"약조한 대로 죽은 놈은 죽은 놈대로 가족들이 돈을 받고, 죽인 놈은 죽인 놈대로 황금을 쳐준다. 보화전장과 흑회의 약속이다! 가자!"

"우아아아!"

수천에 달하는 이가 한꺼번에 외치는 함성이 천야평을 뒤흔들기 시작했다.

무공이야 무림인들 수준에 이르지 못한다 하지만 그들 역시 싸움을 아는 이들이었다.

더군다나 근 오천을 상회하는 엄청난 숫자만으로도 충분히 위압이 되고도 남았다.

그들의 등장으로 국면은 전혀 예측하지 못하는 방향으로

흘러가기 시작했다.

"하하하하! 흑회라니?"

"그러게 말입니다. 고작 저런 놈들 따위로 머릿수가 채워
졌다고 무엇이 달라질 거라고!"

정파진영의 군사라 할 수 있는 좌문공과 사마군의 얼굴
에는 냉랭한 조소가 가득했다.

흑회, 통칭하여 밤무림이라 불리는 자들은 무림인이라고
쳐주지도 않는 이들이었다.

좀도둑, 소매치기, 도박꾼, 포주, 고리대금업자, 정보 상
인 등 일일이 열거하기도 힘든 온갖 지저분한 종자가 생존
을 위해 만든 곳이 흑회이기 때문이었다.

그런 자들이 아무리 많다고 해도 그 가운데 제대로 무공
을 배웠다 할 인물은 백에 하나 천에 하나 될까 말까 한 정
도였다.

지들끼리야 힘 좀 쓴다고 으스대 봤자 제대로 배운 무림
의 고수를 당해낼 리 없는 것이 인지상정이었다.

당연히 정파 진영 쪽 무림인들 사이에선 그들의 정체를
알고 있으니 콧방귀도 안 나온다는 얼굴을 지을 수밖에 없
었다.

다만 검성 엽무백만이 얼굴에 짜증이 가득 차오른 표정

으로 취성을 나무랄 뿐이었다.

"어찌 된 것인가?"

"크흠, 아무래도 홍괴불, 저자가 내 경고를 우습게 여긴 듯하네."

취성의 얼굴 역시 검성 못지않게 잔뜩 일그러졌다.

본래 거지들의 문파인 개방파와 흑회는 이런저런 공생관계를 맺고 있는 것이 사실이었다.

그 때문에 취성은 일부러 수고를 아끼지 않고 따로 홍괴불을 만나기까지 했다.

무림 전체에서도 가장 높은 배분을 지닌 자신이 한낱 흑회의 우두머리를 만나 사정을 설명하고 타이르는 일까지 마다하지 않은 것이다.

그런데도 홍괴불이 이곳 화산에 나타났다.

자신이 완전히 무시당했다는 것을 깨달은 취성의 얼굴에 진득한 노기가 서리는 것은 당연한 일일 수밖에 없었다.

"말 안 듣는 개에겐 몽둥이찜질이 딱이지. 저놈들은 본방의 아이들이 맡겠네."

이런저런 싸움이 벌어지는 동안 내내 소극적인 자세를 취하고 있던 취성의 태도가 변했다.

그만큼 화가 났다는 의미였다.

취성은 개방 방도들을 향해 발을 떼며 엽무백에게 경고

를 잊지 않았다.

"흑회 떨거지들은 본 방의 몫이라는 것을 잊지 마라!"

"후후! 수고를 덜어준다는데 마다할 이유가 없지."

엽무백의 입가에 새삼 비릿한 미소가 걸렸다.

이런저런 예측 못할 일들이 벌어지긴 했어도 결국 자신이 원하는 방향으로 일이 흘러가고 있다는 것을 알았기 때문이었다.

사파의 무인들은 벌써 지리멸렬하기 일보 직전이었고, 화산파는 화산파대로 머리를 꼿꼿이 세운 채 대들고 있으니 차라리 다행이었다.

이번 기회에 그 뿌리까지 모조리 뽑아버릴 수 있게 되었으니 말이다.

만일 화산파가 납작 엎드려 잘못을 인정하기라도 하면 오히려 머리 아프고 일 처리마저 복잡해질 가능성이 높았다.

어쨌든 화산파 역시 유구한 역사와 전통을 지닌 육대문파의 일원이니 같은 정파 쪽 인사들이 극단적인 처결을 원치 않을 가능성이 높기 때문이다.

하지만 이렇게 바락바락 대놓고 싸우겠다고 한다면…….

"흐흐흣, 마지막 한 놈까지 죽여줄 수 있지."

검성의 입가에 걸린 웃음이 점점 더 짙어지는 그때 군사

역할을 맡고 있는 좌문공과 사마군이 다가왔다.

"시간을 더 끌 이유가 없을 듯합니다. 명을 내려주십시오."

"선봉은 저희 남도련이 맡겠습니다. 놈들에겐 빚이 제법 있지요. 기둥뿌리 하나 남기지 않을 것입니다."

화산파 진영 쪽을 향한 좌문공과 사마군의 눈빛이 이글거렸다.

검성의 시선 또한 두 사람을 지나 정파 진영의 무인들을 스윽 훑었다.

전의로 활활 타오르고 있는 정파의 무인들을 확인한 검성이 곧바로 손을 번쩍 쳐들었다.

"오늘! 우리는 강호와 무림의 안녕과 평화를 위해 사특한 자들을 처결할 것이다!"

"……."

"……."

"마와 결탁한 자들을 정의의 이름으로 심판하라!"

공력이 가득 담긴 검성의 음성이 하늘과 땅을 진동시킬 만큼 우렁우렁하게 퍼지자 정파 쪽 무인들이 일제히 병장기를 치켜들고 엄청난 함성을 쏟아내기 시작했다.

"우와와와!"

"죽여라!"

"놈들의 목을 베라!"

수천의 정파 군웅이 저마다의 외침을 토한 뒤 일제히 달려나가기 시작했다.

해일처럼 들판을 가로질러 화산파 진영을 향해 내달려가는 정파인들의 기세가 삽시간에 천야평을 뒤덮어갔다.

어쩌다 보니 꿰다 놓은 보릿자루 신세가 되어버린 사파인들이 어디로 피해야 할지 몰라 갈팡질팡 우왕좌왕하다 밀려드는 정파 무인들과 먼저 부딪쳤다.

차장창창!

"크윽!"

"으악!"

"죽엿!"

병장기 부딪히는 소리와 비명, 그리고 고함 소리가 터져 나오며 사파 무인들이 삽시간에 쓸려 나갔다.

압도적인 숫자의 정파인들은 사파 무인들을 그대로 집어 삼킨 뒤에도 전혀 그 기세가 수그러들 줄 몰랐다.

화산파와 흑회의 인물들이 넓게 포진한 산로 초입을 향해 그들은 미친 듯이 쇄도해 들어갔다.

화산파 본산의 도사들 역시 상황을 예의 주시하다 당장에라도 뛰쳐나갈 태세를 끝낸 후였다.

장로들과 제자들이 일제히 검을 세운 채 그대로 달려나

가려는 그때 다급한 홍괴불의 음성이 전해졌다.

"장문진인! 첫 교전은 저희에게 맡겨주십시오."

"……?"

냉담히 전황을 살피던 진무가 고개를 살짝 갸웃거리며 쳐다보자 홍괴불이 더없이 굳은 얼굴로 대답했다.

"맡겨주시지요!"

진무가 주변에 도열한 장로들을 스윽 훑어보자 모두가 잠시 고민하는 얼굴이었다.

어차피 화산파 본산의 전력으로는 감당할 수 없는 숫자인 것은 분명했다.

그렇다고 흑회 인물들의 희생이 더해진다고 상황이 크게 변할 것 같지는 않았다.

속절없이 죽어 나갈 것이 뻔한 싸움에 무공조차 변변치 않아 보이는 이들을 내몰고 싶지 않은 것이다.

"맡겨주시지요. 이런 싸움은 저희도 좀 합니다."

홍괴불이 급속도로 가까워지는 정파 진영을 보며 다시 한 번 목소리를 높이자, 장로들의 의견을 구하던 진무가 고개를 끄덕이는 것으로 답했다.

홍괴불의 자신감 넘치는 음성 속에서 무언가 준비가 됐음을 느낀 것이다.

홍괴불이 진무와 장로들에게 눈짓으로 예를 차린 뒤 뒤

돌아서며 한마디를 더했다.

"좀 지저분해질 것입니다."

홍괴불이 연이어 목소리를 높였다.

"교! 준비됐나?"

"넵! 맡겨주십시오!"

과거에 흑회 섬서 분타주를 맡았던 교가 재빠르게 미리 준비하고 있던 수하들을 향해 소리쳤다.

"투척!"

일순간 수십 명의 사내가 앞다투어 달려나가더니 시꺼먼 주머니를 전방으로 힘껏 집어 던지기 시작했다.

슈슈슈슈슈슉!

제대로 공력도 실려 있지 않은 주머니 따위가 포물선을 그리며 날아오는 모습이 정파인들에게 위협적으로 느껴질 이유는 전혀 없었다.

단지 무엇이 담겨 있는지 모르니 주머니가 떨어지는 방향을 읽고 가볍게 피해낼 뿐이었다.

펑!

화악!

땅바닥에 떨어진 주머니가 터지며 새하얀 가루가 삽시간에 주변으로 퍼지자 누군가 재빨리 입을 막으며 소리쳤다.

"독무(毒霧)다! 모두 조심!"

퍼펑! 퍼퍼퍼퍼퍼펑!

슈아아악! 슈아아악!

연이어 내달려오던 정파인들 사이사이로 수십 개의 주머니가 떨어져 내리며 새하얀 가루 같은 것들이 퍼져 나갔다.

기세 좋게 덮쳐 오던 정파 무사들은 일제히 걸음을 멈춘 채 호흡을 차단하고 운기조식으로 독기를 몰아내는 데 집중했다.

"으응?"

"뭐?"

한 호흡의 시간이면 운기로 독을 배출시킬 수 있는 고수들이 먼저 고개를 갸웃했다.

하얀 가루가 독이 아니란 것을 눈치챘기 때문이었다.

독성이 있다면 내공이 알아서 그것들을 체외로 배출해야 정상이었다.

그런데 뭔가 달랐다.

몸이 이상해진 것은 분명한데 내공이 전혀 반응을 하지 않는 것이다.

"뭐지……? 윽!"

"억!"

"컥!"

서둘러 운기를 끝내 버린 몇몇 정파 고수가 갑작스레 신음인지 비명인지 모를 소리를 토하며 얼굴이 새하얗게 질려갔다.

그러면서 두 다리를 있는 힘껏 오므리며 똥 마려운 강아지 꼴을 하는 것이다.

갑작스런 사태에 영문을 몰라 하며 주변을 두리번거리던 정파 무인들이 잠시 뒤 그들과 똑같은 반응을 보이기 시작했다.

"컥!"

"으윽!"

"어억!"

그리 크지는 않지만 너무나 절박한 비명들이 쉴 새 없이 터져 나왔다.

하나같이 두 다리를 바짝 모으고 엉덩이를 치켜드는 꼴이 조금 전 기세 좋게 달려들던 모습과는 완전히 딴 판이었다.

그러다 어디선가 듣는 것만으로 토악질이 날 것 같은 소리가 터져 나오기 시작했다.

뿌직!

항문이 터져나가는 듯한 배변 소리가 울린 뒤 연달아 똑같은 소리가 끊임없이 이어졌다.

뿌지직! 뿌지지직! 뿌지지지직!

여기저기 설사가 터지는 소리와 함께 정파 무인들의 얼굴이 사색이 되어버렸다.

바짓단 사이로 똥물이 줄줄 흘러나오는 이가 한둘이 아니었다.

그 꼴을 면하기 위해 손으로 엉덩이를 힘껏 막은 채 정신없이 주변을 살피는 이 또한 셀 수 없을 지경이었다.

"으윽! 비겁한!"

정파 쪽 누군가 목소리를 높였지만 흑회 쪽 인물들은 표정 하나 달라지지 않았다.

특히나 이 모든 일을 주도한 홍괴불의 눈빛은 그 어느 때보다 냉정했다.

"비겁? 그런 소린 살아남은 뒤에나 할 수 있는 것이지."

홍괴불은 차가운 목소리를 뱉은 후 전장을 주시했다.

그러다 힐끗 화산파 본산 도사들에게 시선을 던진 뒤 히죽 웃었다.

똥물을 줄줄 흘리며 오도 가도 못하는 정파인들의 모습을 보는 화산파 도사 중 누구도 표정이 달라진 이가 없었다.

그들 또한 허례나 허식에 찌들어 있다면 이 사태에 눈살을 찌푸리거나 고개를 돌리거나 해야 정상일진대 그런 모습을 보이는 이가 전혀 없었다.

이전까지 죽기를 각오한 것이 전부였다면 이젠 살아남고 승리하겠다는 의지와 열망이 그들의 모습에서 느껴졌다.

홍괴불이 활활 타오르는 전의를 가득 담아 다시 한 번 목소리를 높였다.

"우리는 우리의 싸움을 한다. 명심해라! 살아남는 자가 이긴다는 것을!"

쾅!

지면을 박찬 홍괴불의 신형이 탄환처럼 그대로 쏘아져 나갔다.

"우아아아!"

"죽여라!"

흑회의 인물들이 일제히 함성을 지르며 홍괴불의 그림자를 뒤따르기 시작했다.

第七章

초전의 기세는 확실히 흑회의 것이었다.

격식과 체면을 목숨처럼 여기는 정파 무인들에게 폭분탄(爆糞彈)은 그 어떤 독과 암기보다 치명적이었다.

바짓단에 똥물을 줄줄 흘리면서 제대로 싸움에 임하지 못한 것은 당연한 일. 그런 가운데 난입한 홍괴불이 압도적인 무공을 내비치며 정파인들을 유린했다.

퍼퍽!

퍼퍼퍼퍼퍼퍽!

밤무림을 일통한 광야흑표권의 폭풍 같은 권기가 끝없이

난무했고 정파 무인들은 속절없이 피분수를 내뿜으며 여기 저기로 튕겼다.

한번 기세를 탄 흑회 쪽 무인들은 더욱더 지저분하게 싸움을 끌고 가는 데 전력을 쏟아부었다.

정파 무인들과 거리를 둔 채 오직 독과 암기만을 있는 대로 퍼부은 것이다.

살아남고 이기기 위해선 그 어떤 수단과 방법을 가리지 않는 흑회의 싸움이 정파 무인들을 더욱 큰 혼란의 구렁텅이로 밀어 넣었다.

전열에 쓰러지고 죽어 나간 정파 무인들의 숫자가 삽시간에 기백을 넘어서자 관망 중이던 정파 진영 쪽의 진짜 고수들이 움직였다.

쉬쉬쉬쉬쉭!

우왕좌왕하는 정파 무인들 사이로 시꺼먼 그림자가 바람처럼 날아들더니 순식간에 홍괴불의 정면에 우뚝 멈췄다.

"⋯⋯!"

눈이 동그랗게 치떠진 홍괴불.

눈앞에 나타난 이가 다른 누구도 아닌 취성이기 때문이었다.

온몸에 살기를 줄기줄기 피워 올리는 취성은 마치 귀찮게 굴던 벌레를 짓이겨 죽이는 듯한 표정으로 일장을 내질렀다.

취팔선보를 펼치며 나타나더니 촌각의 망설임도 없이 건 곤태음장을 극성으로 출수한 것이다.

펑!

"크억!"

홍괴불이 포탄처럼 튕겨 흑회 쪽 인물들 사이에 그대로 처박혔다.

"회주!"

"아버님!"

홍화순과 몇몇 인사가 비명처럼 홍괴불을 부르며 다가갔지만 홍괴불은 온몸을 바들바들 떨다가 의식을 잃어버렸다.

그나마 다행이라면 목숨이 끊긴 것은 아니라는 점이다. 장력에 당하기 전 두 팔을 교차해 막아낸 것이다.

덕분에 간신히 목숨을 건지긴 했지만 장력을 막아낸 두 팔은 한눈에도 너덜너덜해 모든 뼈마디가 산산조각 난 것이 틀림없어 보였다.

단 한 수에 우두머리가 완전히 박살 나는 걸 지켜본 흑회 인물들의 전의가 곤두박질친 것은 당연한 결과였다.

여태 신 나게 독과 암기를 뿌려대던 이 대부분이 서로 눈치만 볼 뿐 누구도 섣불리 공격을 감행하지 못했다.

"버러지 같은 것들이 감히!"

그 순간 취성의 싸늘한 목소리가 흑회 인물들의 귓가를 파고들었다.

단번에 전황을 뒤집어 버린 진짜 고수, 더구나 무림 최고 배분이라 할 수 있는 중원삼성 중 한 명이 내뱉는 목소리였다.

수천에 달하는 흑회 인물이 그 눈빛과 목소리에 담긴 살기를 온몸으로 느끼고 돌덩이처럼 굳어져 버렸다.

그때를 기다렸다는 듯 정파 진영의 뒤편에서 또 다른 목소리 하나가 섬뜩하게 전해져왔다.

"더러운 암기와 독 따위로 정파인들의 의기를 모독한 네 놈들을 본좌는 결코 좌시하지 않을 것이다."

후우우웅!

여태 사태를 지켜보던 검성 엽무백의 전신에 엄청난 기세가 모여들며 그 몸뚱이가 허공으로 둥실 떠올랐다.

"나 엽무백, 오늘 살계를 크게 열어 너희를 단죄할 것이다."

슉! 슉! 슉슉! 슈슈슈슉슉!

허공에 떠 있는 엽무백의 전신으로 아릿한 빛이 모여들더니 그 주변으로 끝도 없는 검의 형상이 생겨나기 시작했다.

"의형검강!"

어디선가 탄성이 터져 나오며 천야평에 모인 정파인들의 눈이 휘둥그레 치떠졌다.

그냥 검에서 뿜어진 강기도 아니고 의지만으로 구체화시킨 검강이 바로 의형검강이다.

이는 그저 전설처럼 회자되는 무공이며 그저 상상 속에서나 구현될 수 있다 여겨지는 무공이었다.

그런데 그 전설적인 무공을 눈앞에서 보게 된 것이다.

그것도 정파 쪽 무인들이 더없이 치욕스런 모습을 내비친 참으로 시기적절한 때에 말이다.

전황을 뒤집어놓고 최전방에 선 취성의 표정에 씁쓸한 웃음이 걸렸다.

결국 그 시기를 알고 이용할 수 있는 탁월한 재주는 검성에게 있다는 것을 인정할 수밖에 없는 것이다.

이제 흑회 쪽 인물들을 몰살시킨다 해도 명분이 검성과 정파 쪽에 있다는 것을 말 몇 마디로 완벽히 주지시켜 버렸으니…….

반면 정확히 무슨 일이 벌어지는 것인지 알지 못하면서도 흑회 쪽 인물들의 얼굴은 사색으로 변했다.

사람이 허공에 둥실 떠오르고 그 주변에 빛나는 검 수십, 수백 개가 느닷없이 생겨난 그것만으로도 두려운 일일 수밖에 없었다.

반면 화산파 도사들의 표정은 또 달랐다.

이미 일전에 북검회와의 싸움에서 검성의 의형검강을 직접 겪어본 터라 느껴지는 중압감의 차원이 다를 수밖에 없었다.

오늘 싸움에서 패배를 생각하는 가장 큰 이유도 바로 거기에 있었다.

결국 화산파의 누구도 검성 정도의 경지에 이르지 못했다는 사실을 인정했다.

잠시간 장문인 진무와 장로들의 눈빛이 교차했다.

찰나의 그 표정만으로 서로의 마음을 확인한 이들, 비로소 이제는 진짜 나서야 할 때임을 공감한 것이다.

슈앙!

슈슈슈슈슈슈슉!

강렬한 한 줄기 파공음을 뒤로한 채 섬전 같은 빛무리가 허공을 새하얗게 뒤덮었다.

마치 유성우가 쏟아지는 듯 허공을 가득 메운 검성의 무공은 아름다움을 먼저 느낄 정도로 경이로웠다.

움직여 피한다거나 무기를 들어 막아본다는 생각을 할 수도 없을 정도로 압도적인 무공.

수천의 흑회 무인은 망연자실한 눈으로 그걸 지켜보고

있을 수밖에 없었다.

파라라라라락!

그리고 그때 진무를 비롯한 화산파 장로들이 도포를 휘날리며 전방으로 쏘아졌다.

차장창창창!

일제히 검을 뽑은 그들이 검집을 버린 채 두 손으로 검을 힘껏 움켜쥔 뒤 허공으로 치켜 올렸다.

우우웅!

여덟 개의 검에서 일제히 강렬한 빛이 뿜어지더니 그 기세와 기세가 서로의 검으로 연결되며 거대한 반구가 생겨났다.

투둥!

투투투투투투툭!

거대한 반구 위로 검강의 빛이 쏟아지며 물에 빨려들 듯 소멸하기 시작했다.

그렇다고 해도 매화검진의 영역이 감당할 수 있는 범위는 고작해야 삼사백 명을 아우를 수 있을 따름이었다.

쾅!

"크아악!"

콰콰콰쾅!

"으아아─!"

"컥!"

검진 밖으로 쏟아지는 빛무리에 끝도 없는 비명이 터져 나왔다.

화탄에 땅이 뒤집히듯 빛줄기 하나에 수십 명이 걸레 조각처럼 찢겨갔다.

참살이라고밖에 표현할 수 없는 참혹한 순간이었다.

그러고도 허공에서 뿌려지는 검의 빛은 끝이 없었다.

보다 못한 일대제자들이 움직였다.

장로들과는 또 다른 곳에서 검진을 만들어 흑회 인물들을 보호하려고 했고, 연화팔문의 문주와 장로들 역시 반대편으로 움직여 쏟아져 내리는 빛의 검으로부터 흑회 인물들을 구하려고 했다.

하지만 화산파 장로들이 힘을 합쳐 간신히 막아내고 있는 검성의 무공을 그들이 감당해 낼 수는 없는 법이었다.

또 다른 검진을 펼친 송자건 등 일대제자들은 벌써 얼굴이 새하얗게 변하며 입술로 붉은 핏물이 줄줄 흐르기 시작했고, 양산매 등 연화팔문의 장로들은 단 한 번의 공세를 막은 뒤 곧바로 내력이 진탕되어 흑회 무인들과 다를 바 없이 피분수를 뿜으며 속절없이 사방으로 튕겼다.

그런 상태로 화산파 진영이 할 수 있는 일이라고는 그저 검성의 공력이 소진되기를 기다리며 버텨내는 것밖에 없어 보였다.

그 순간 예기치 못한 이가 움직였다.

쿵쿵! 쿠쿠쿠쿠쿵!

지축이 뒤흔들리는 소리가 나며 육중한 체구의 사내가 검성 쪽으로 돌진하기 시작한 것이다.

사령신 장패였다.

허공에 둥실 떠 있던 검성의 새하얀 눈썹이 사납게 일그러졌다.

장패보다 자신이 윗줄이라는 것을 알기에 두려울 이유는 전혀 없었지만 석화신공을 극성으로 익혀낸 그 몸뚱이를 깨부수자면 전력을 온전히 다해야 한다는 사실을 알기 때문이었다.

그러자면 궁지에 몰아넣은 화산파 쪽에서 다시 숨통이 트일 수 있는 것이다.

아니나 다를까 상황을 파악한 좌문공과 사마군이 동시에 소리쳤다.

"어르신! 저자를!"

"저놈을 막앗!"

좌문공은 취성을 소리쳐 불렀고 사마군은 남도련 최고 고수들인 천룡십이숙을 움직였다.

가까운 곳에 대기 중이던 천룡십이숙이 일제히 도를 뽑

아 들며 솟구쳐 올랐고, 거리를 두고 있던 취성은 못마땅한
듯 얼굴을 잠깐 찡그렸다가 이내 사령신 쪽으로 신형을 날
렸다.

오늘의 주인공이 결국 검성이 되는 것이 불만이긴 했지
만 싸움이 길어져 봐야 좋을 것이 없다는 것에는 동의할 수
밖에 없는 것이다.

야도가 직접 키웠다는 천룡십이숙이 제법 강하다는 것은
알겠지만 사령신을 감당하기엔 아직 부족함이 있다는 것이
한눈에 보였다.

"응?"

순간 장패를 향해 신형을 날리던 취성의 앞으로 전혀 예
상치 못한 그림자 하나가 순간 불쑥 솟아올랐다.

표정이 와락 일그러진 취성이 재빠르게 신형을 뒤집었
다.

슈앙!

쾅!

그야말로 촌각만큼의 차이를 두고 간신히 공격을 피해낸
취성의 눈이 부들부들 떨리며 그림자를 향했다.

"네놈?"

취성을 막고 선 이는 다른 누구도 아닌 기 사형 기영도였
다.

기영도는 무표정한 얼굴로 취성을 가로막은 입을 뗐다.

"평소 존경해 왔소."

"……."

취성의 얼굴이 묘하게 일그러졌다.

눈앞의 기영도를 잠시 살핀 뒤 멀리 천룡십이숙이 속절없이 하나둘 사령신 장패에게 튕기는 것을 확인했다.

취성은 피식 웃어버렸다.

"하긴, 뭔 상관일까? 눈앞에 이런 좋은 적수가 나타났는데."

취성이 기영도를 보곤 앞니가 빠진 것이 훤히 드러나 보일 정도로 환하게 웃었다.

"암향표와 생사웅사박은 알겠는데… 조금 전 그 무공은 뭔가?"

취성은 이제 주변은 전혀 신경 쓰지 않는다는 듯 오직 기영도만을 바라봤다.

"산화무영수라 하외다."

"오호? 그 칠절패도 여양종을 쳐 죽였다는?"

"이 하늘 아래 가장 고마우신 분께 받은 은혜지요. 그럼 부탁드리겠습니다."

기영도가 공손히 포권을 취하며 예를 표하자 취성이 크게 미소를 지으며 화답했다.

"오게!"

슈앙!

콰쾅!

기영도와 취성이 정면으로 충돌하며 터뜨린 기파가 강렬히 퍼져 나가는 그때 검성 엽무백의 얼굴은 말도 못하게 일그러져 버렸다.

무시무시한 도기를 온몸으로 맞으면서도 사령신 장패의 속도는 전혀 줄어들지 않았기 때문이었다.

그 순간 좌문공 뒤편에 서 있던 누군가 벼락처럼 뛰쳐나갔다.

백학검선이었다.

그는 내달리며 싯누런 괴황지를 뿌렸고 괴황지는 '퍼펑' 하고 터지더니 거대하고 무시무시한 크기의 호랑이로 변했다.

육중한 덩치의 장패와 거대한 호랑이가 정면으로 부딪히며 또 다른 충격음을 사방으로 퍼뜨렸다.

쾅!

누가 이겼다 할 수 없지만 장패의 걸음이 그곳에 멈춘 것만은 어쩔 수가 없었다.

그런 장패를 향해 다시 천룡십이숙을 비롯해 북검회의 부회주 조문신이 가세해 맹공격을 감행하기 시작했다.

콰콰콰콰콰쾅!

금석보다 단단해 보이던 장패의 몸뚱이에서 폭음과 함께 돌가루들이 속절없이 쏟아져 내리기 시작했다.

퍼엉!

장패를 힘으로 막아낸 호랑이가 다시 부적으로 변해 사라졌지만 장패는 더 이상 검성을 향해 달려갈 수 없었다.

백학검선은 무표정한 얼굴로 본래의 자리로 되돌아왔고 그때서야 다시 검성의 얼굴에 비릿한 미소가 걸렸다.

이 싸움이 이대로 귀결될 것이란 것을 확신하는 웃음이었다.

하지만 그 웃음이 사라지는 데 걸리는 시간은 그리 길지 않았다.

슈— 아— 앙!

엄청난 파공음과 함께 섬전 같은 그림자 하나가 허공을 가로질러 왔기 때문이었다.

눈이 뒤집힐 듯 놀란 검성이 의형검강을 펼치던 모든 공력을 되돌려 호신강기를 만드는 데 쏟아부었다.

콰콰쾅!

허공에 떠 있던 검성의 신형이 부웅 하고 뒤로 날아갔고 그 자리에 누구도 예상치 못한 인물이 모습을 드러냈다.

좌중은 그 존재를 보며 잠시 넋이 나간 표정을 지을 수밖에 없었다.

천상의 선녀를 보는 듯한 아름다운 여인이 조금 전까지 검성이 있던 허공에서 아주 천천히 바닥으로 떨어져 내렸다.

용천장의 연산홍.

그녀가 도착한 것이다.

"감히!"

연산홍의 일격을 맞고 꼴사납게 땅바닥으로 내려꽂힌 검성의 입에서 분노로 이글거리는 목소리가 토해졌다.

그녀가 아무리 용천장의 주인이라고 해도 단 한 번도 적수로도 여겨본 적이 없었다.

그녀의 아비 한천 연경산조차 불성과 취성이 길러낸 제자일 뿐인데 하물며 그 딸인 연산홍이야 신경 쓸 이유조차 없는 것이다.

단지 그녀가 현재 용천장이라는 강대한 세력의 정점에 있다는 것 때문에 무시하지 않았을 뿐.

하지만 이제 눈앞의 상황이 완전히 달라졌다.

세력 대 세력 간의 싸움이 아닌 개인의 무공으로 자신에게 부딪쳐 온 것.

검성 엽무백의 입장에선 그야말로 기가 막힐 노릇이 아닐 수 없었다.

그녀가 천하십강의 일인으로 그 윗줄에 이름이 오르락내리락 한다 해도 그건 단지 세간의 평판일 뿐이다.

적수로 인정하지도 않은 어린 계집의 기습으로 수많은 이 앞에서 꼴사나운 모습을 보였으니 검성의 입장에선 머리꼭대기까지 노화가 치밀 수밖에 없었다.

더더군다나 이 싸움을 끝내 버릴 결정적 순간에 난입한 그녀를 검성은 가만둘 생각이 전혀 없었다.

검성이 분노를 그대로 표출하며 연산홍을 향해 발걸음을 떼기 시작했다.

순간 북검회의 군사 좌문공이 급히 검성의 앞을 막아섰다.

화가 치밀어 살기까지 내뿜던 검성의 눈썹이 좌문공을 향해 와락 일그러진 것은 당연했다.

하지만 좌문공은 침착한 얼굴로 검성을 가로막은 뒤 연산홍을 향해 돌아섰다.

"연 장주! 용천장은 마와 결탁한 화산파의 편에 서겠다는 의중이시오?"

좌문공의 카랑카랑한 목소리가 들려왔지만 연산홍은 대꾸조차 하지 않고 주변을 빙 둘러싼 정파 무인들을 천천히 둘러봤다.

그사이 좌문공의 의중을 파악한 검성 역시 치밀었던 분

노를 가라앉히고 연산홍을 새삼스런 눈으로 쳐다봤다.

늘 그림자처럼 그녀를 따르는 금강영왕 서귀도 없고, 마
땅히 주변에 있어야 할 호위무사들도 보이지 않았다.

천야평 주변을 아무리 둘러봐도 그녀와 함께 온 용천장
의 무인들이 없는 것이다.

"용천장이 정파인 전체를 적으로 돌리겠단 뜻이냐고 묻
고 있소이다."

다시 한 번 좌문공의 목소리가 그녀를 향했다.

검성 역시 흥미로운 눈으로 그녀를 지켜볼 이유가 생긴
것이다.

용천장은 언제나 눈엣가시였다. 한천 연경산이란 불세출
의 영웅을 필두로 사파를 밀어내고 이 강호에 평화와 안녕
을 일구어낸 업적은 북검회나 남도련을 이합집산의 단체로
여기게끔 만들어 버린 것이다.

그런데 이 순간 용천장이 화산파 편을 든다면 그것으로
용천장의 명분이 사라지기 때문이었다.

정파와 등을 진 용천장은 결국 일개 장원으로 전락할 수
밖에 없는 것이 당연한 수순일 터.

그 모든 것이 연산홍의 말 한마디에 결정 날 순간이었다.

주변뿐 아니라 멀리 떨어진 화산파 진영의 참혹한 전황
까지 한눈에 살핀 연산홍의 눈매가 좌문공을 지나 검성을

정면으로 응시했다.

"용천장은 상관없다."

"……?"

"……!"

"나는 오직 내 의지로 이 자리에 섰을 뿐이다."

"……!"

"……!"

그녀의 청아하면서도 일말의 흔들림 없는 목소리가 울리자 모두가 당황하기 시작했다.

"뭐라고?"

검성이 일그러진 얼굴을 감추지 못하고 반문했지만 연산홍은 추호의 흔들림도 없었다.

"다시 말해주지. 이곳에 온 것은 오직 나 연산홍의 의지라고."

"지금 네년이 세 치 혀로 본좌를 희롱하려는 것이냐?"

검성은 이제 앞을 가로막은 좌문공을 밀쳐 내고 그녀를 향해 거침없이 다가갔다.

연산홍은 눈썹 하나 까딱하지 않고 검성을 주시하며 목소리를 높였다.

"황궁에서 벌어진 괴사가 화산파의 소행이라고 누가 확신할 수 있지?"

"……!"

"소림의 멸문이 과연 화산파와 관련이 있다고 누가 장담할 수 있지?"

더 이상 차가울 수 없을 것 같은 냉정한 그녀의 음성이 곳곳으로 퍼져 나갔고 폐부를 찌르는 듯한 그 이야기에 정파 진영이 술렁이기 시작했다.

"무슨 헛소릴?"

검성이 서둘러 목소리를 높였지만 연산홍은 오히려 더욱 차갑고 냉정한 목소리를 정면으로 내뱉었다.

"북검회주, 엽무백! 그 추측과 주장은 당신의 입에서 먼저 나온 말이 아닌가?"

노기가 폭발하기 직전의 얼굴로 되돌아온 엽무백의 이마 위로 실핏줄이 터질 것처럼 불끈거렸다.

하지만 이 상황에 당장 힘으로 짓눌러선 안 된다는 것 정도는 파악할 수 있었다.

이제껏 완벽히 쥐고 있던 명분을 그녀가 흔들고 있다는 것을 알기 때문이었다.

"천살마군이 화산파의 검신 행세를 했다는 것은 이미 천하가 다 아는 사실이다. 네년 눈에는 이곳에 모인 강호의 영웅들이 그리도 우습더냐?"

잠시 잠깐 동요했던 정파 진영의 무인들이 일제히 고개

를 끄덕인 뒤 연산홍을 향해 거센 기파를 뿜어내기 시작했다.

하지만 연산홍은 모두가 똑똑히 들릴 정도로 콧방귀를 끼어버렸다.

"흥! 내 말이 그 말이다. 그 천살마군이 자금성의 금군을 주살하고 소림을 멸문시켰다는 증거가 어디 있느냔 말이다."

"……."

일순간 검성의 말문이 막혀 버려 입술만 달싹거렸다.

정파 진영의 동요 역시 이전과 비할 바 없이 커져만 갔다.

"연 장주! 그자가 천살마군이란 것은 틀림없는 사실이며 화산파가 그와 한패라는 것 또한 사실이지 않소? 척마를 위해 의기로 모인 정파인들을 연 장주는 더 이상 모욕하지 마시오!"

사태를 수습하기 위해 급하게 나선 것은 좌문공이었다.

연산홍은 그런 좌문공의 말이 얼토당토않게 느껴져 싸늘한 조소를 날렸다.

그 미소가 어찌나 서늘하게 느껴지는지 말을 뱉고 난 좌문공은 저도 모르게 움찔 놀라며 몸을 떨어야 했다.

연산홍의 입술이 달싹이며 열리려는 순간 재빠르게 남도

련의 책사 사마군이 끼어들었다.

"그자가 남도련을 어떻게 했는지 모르시겠소? 기둥뿌리 하나 남기지 않고 무너진 곳이 한둘이 아님을 모두가 알고 있소. 그런 자를 옹호하다니? 연 장주께선 지금 정파 무인 모두를 모욕하고 있는 것이오."

사마군의 꿀을 바른 듯한 목소리가 퍼져 나가자 웅성이던 정파 진영 쪽이 또다시 담담해졌다.

좌문공이나 사마군, 두 사람의 말이 틀림이 없는 사실이고 이치에 맞는다는 것을 의심할 이유가 없기 때문이었다.

연산홍의 눈이 사마군을 향했다가 다시 주변의 정파 무인들을 훑었다.

그 눈빛에 담긴 싸늘함이 절로 그녀의 얼굴을 본 이들을 움츠리게 했다.

"눈이 있어도 보지 못하고 귀가 있어도 듣지 못하는 작태라니, 참으로 한심하구나!"

연산홍의 한숨 가득 섞인 음성이 맑게 퍼져 나가는 동안 좌문공과 사마군은 그녀의 의도를 전혀 이해하지 못해 고개를 갸웃했고, 검성은 더 들을 것이 없다는 듯 결심을 세운 얼굴로 기세를 끌어 올렸다.

더 이상 그녀에게 휘둘릴 이유가 없다는 것을 알기 때문이었다.

바로 그 순간 허공을 바라보던 연산홍의 눈빛이 검성을 향해 쏘아졌다.

"그는 천살마군이다."

"……."

"백 년 전의 천살마군은 화산파의 검신에게 잡혀 그 죄를 받았다."

"무슨 헛소릴?"

"그 천살마군이 한 일이 무엇이냐? 화산파를 지금처럼 강하게 만든 것이 잘못인가?"

"……."

"억울하게 죽은 어린 제자를 위해 남도련을 해체시킨 것이 잘못이라 할 수 있는가?"

"……."

"명견혜도!"

"흡!"

느닷없이 자신의 이름이 불리자 사마군이 움찔하는 그 순간 연산홍의 서늘한 음성이 사마군과 남도련 측 무인들을 향했다.

"칠절패도 여양종을 제외하고 남도련 소속 무인 중 누구 하나 그에게 목숨을 잃은 이가 있단 말이냐?"

"……."

"……."

"너희 중 누구라도 그리할 수 있다면 이 자리에서 내 목을 내놓겠다. 너희 중 누구라도 단신으로 용천장을 무너뜨릴 수 있다면, 그런 힘을 가지고도 살생을 하지 않으며, 그런 힘을 가지고도 세력 싸움에 얽매이지 않으며, 백성들을 위해 구천리 길을 단숨에 달려와 목숨을 내걸고 싸우는 일에 모든 것을 걸 수 있다면… 그에게 내 목을 주겠다."

연산홍의 말이 끝나자 정파 진영의 분위기가 완전히 달라져 버렸다.

이제껏 천살마군이 검신 행세를 하며 했던 일을 줄줄이 읊고 있다는 것을 알기 때문이었다.

"그것이 자신의 정체를 숨긴 채 모두를 기만하고 강호를 획책하려는 그 마종의 의도였다. 더는 들어줄 수가 없어! 네년도 마의 종자에게 완전히 물들었구나!"

검성 엽무백이 연산홍 앞에 섰다.

눈빛만으로 당장 태워 죽일 것 같은 분노를 그대로 쏘아내는 검성의 눈빛을 연산홍은 여전히 담담히 마주할 뿐이었다.

"그래서? 그 천살마군은 지금 어디 있지?"

"……."

"그 천살마군이 무엇을 했는지 그대들은 알고나 있는가?

진짜 흉수의 손에서 멸문 직전에 처한 무당파를 구해준 것이 바로 그 천살마군이란 것을 알고나 있는 것인가?"

"계집! 무슨 헛소릴!"

검성이 더는 참지 못하고 그대로 연산홍을 향해 출수하려는 순간이었다.

"무량수불! 연 시주의 말은 모두 사실이외다."

"무량수불!"

갑자기 허공에서 아릿한 도호가 들려온 것이다.

파라라라락!

가슴에 커다란 태극 문양이 그려진 잿빛 도포가 휘날리며 허공에서 일단의 노도사가 떨어져 내렸다.

천야평에 모인 수많은 이들 중 단번에 그들의 정체를 알아채지 못한 이가 없었다.

무당파의 장문 청허자와 장로들이었다.

第八章

검성 엽무백의 얼굴이 흉신악살이 드리운 듯 무섭게 씰
룩거렸다.

 용천장주 연산홍과 더불어 전혀 예기치 못한 무당파 도
사들까지 등장해 쓸데없는 말을 하는 바람에 모든 일이 뒤
죽박죽 꼬여 버렸기 때문이었다.

 소림과 더불어 오랜 세월 육대문파의 중심에 자리했던
무당파는 아무리 검성이라 할지라도 감히 무시할 수가 없
었다.

 북검회를 만든 뒤 오랜 세월 아무리 숱한 구애를 해도 꿈

쩍도 하지 않았던 곳이 무당파였다.

그 무당파가 결국 결정적 순간에 다시 발목을 잡는다 생각하니 힘이 있을 때 진작 찍어 눌러 버리지 못한 것이 다 한이 될 지경이었다.

척마의 기치를 높이 들고 이 자리에 모인 정파 무인들 역시 무당파를 향해선 감히 싸울 생각을 하지 못하고 있는 것이 한눈에 보였다.

그만큼 지난 오랜 세월 무당이란 이름이 강호에 쌓아놓은 이름이 드높다는 의미였다.

하지만 이대로 물러설 수는 없었다.

여기서 물러선다면 모든 오욕을 홀로 뒤집어써야 할 일이 벌어질 수도 있는 일이었다.

"이대로 물러나면 북검회는 또 어찌 될까?"

검성이 나직하게 내뱉은 음성이 군사 좌문공의 폐부를 찔러왔다.

좌문공 역시 모든 사정을 파악하고 검성에게 결단을 내리라 종용하려 했던 때였다.

이제 그 의중을 완전히 파악했으니 움직이는 일만 남았다.

어떻게든 싸움을 만들어야 하고, 또 어떻게든 힘으로 저들을 짓눌러야만 할 때라는 것을 아는 것이다.

"그래서 무당파는 지금 천살마군의 편에 서겠다는 것이오!"

좌문공의 독설이 고스란히 전해지자 무당의 장문 청허자의 낯빛이 단번에 굳어졌다.

전후 사정을 모두에게 알리고 불필요한 죽음을 막고 앞날을 대비하기 위해 이 자리에 온 무당파 도사들이었다.

그런데 몇 마디 말로 그 무당파 도사들을 이합집산의 무리로 전락시켜 버린 것이다.

세속에 섞여 사는 일이나 음모에 익숙지 않은 것은 그들 또한 화산파와 마찬가지였다.

"본 무당은 일의 전후를 알리고……."

무당 장문 청허자가 다시 나직한 음성을 이어갈 때 툭 하니 말을 끊고 나오는 이가 또 있었다.

"그렇게 천살마군에게 큰 은혜를 입었다고 칩시다. 해서 무당파는 화산파의 마인을 같은 편으로 인정하겠단 말이오?"

남도련의 군사 사마군이 좌문공을 돕기 위해 끼어들었다.

그의 말은 실로 교묘하기 이를 데 없어 마치 이번 일에 나타난 무당파가 오직 자신들만의 이득에 연연하고 있다는 인상을 짙게 만들었다.

삽시간 잔뜩 굳어진 무당파 도사들의 얼굴 가득 노기가 치솟았다.

세 치 혀로 자신들을 기만하려는 좌문공과 사마군의 행태를 가만히 두고 보기가 힘든 것이다.

무당파는 결코 가볍게 움직이지 않는다.

세속의 일을 멀리하지만 일단 맺어진 인연과 은원만은 분명히 하는 것이 무당파의 제일 문규다.

그걸 뻔히 알면서 심기를 건드리는 저들의 의중이 훤히 보였지만, 그렇다고 모욕을 당하면서도 억눌리고 있을 무당파의 도사들은 아니었다.

무당 대장로 청명이 장문인 청허를 대신해 날 선 음성을 토해냈다.

"세 치 혀로 감히 본 문을 기만하려 들다니! 정녕 눈앞의 이득 때문에 아무것도 보이질 않는 것이냐!"

청명자의 호통이 좌문공과 사마군을 넘어 정파 진영 곳곳으로 울려 퍼졌다.

정파 무인들이 그 서슬 퍼런 목소리에 움찔하며 오늘의 상황을 천천히 고민하려는 그 순간 좌문공과 사마군의 눈이 슬쩍 마주쳤다.

둘의 얼굴에 스쳐 가는 미소, 검성 엽무백의 얼굴 또한 마찬가지였다.

"무당파의 오만이 하늘을 찌르는구나. 여기 모인 모두가 어린애란 소리냐! 더는 봐줄 수가 없다."

슝!

검성의 일갈이 끝나고 눈부시게 빛나는 검 한 자루가 빛살처럼 청명자를 향해 쏘아졌다.

순간 대경실색한 청명자가 재빠르게 검을 빼 들며 휘둘렀다.

캉!

"컥!"

간신히 검으로 튕겨냈지만 청명자의 입에서 시꺼먼 핏물이 울컥 토해지며 예닐곱 걸음을 물러서야 했다.

차장! 창창창!

무당파 장로들이 일제히 검을 빼 든 뒤 청명자를 겹겹이 에워쌌다.

장문 청허자 또한 부리부리한 눈으로 검성을 쏘아보며 분노를 삼켜야 했다.

그러거나 말거나 검성은 오연한 눈빛으로 그들을 쳐다볼 뿐이었다.

"그따위 실력으로 정파인 모두를 기만하려 했단 말이냐? 산속에 처박힌 너희가 언젯적 무당파더냐?"

검성의 비아냥거림과 그 의도를 모르지 않으면서도 무당

파 장로들은 참기 힘들었다.

사문에 대한 지독한 모독, 그것도 무당파를 향한 조소를 그대로 참고 있을 수는 절대로 없는 일이었다.

무당파 도사들이 노기를 가감 없이 드러낸 채 검성을 노려봤다.

그가 강하다는 것은 조금 전 펼친 의형검강으로 충분히 알아봤다.

하지만 그런 것이 중요한 것이 아니었다.

화산이 화산의 이름을 지키기 위해 이 자리에 있듯 무당파 또한 그 이름을 지켜 나가기 위해 반드시 해야만 하는 일이 있는 것이다.

명문은 하루아침에 이루어지지 않는 법, 그것이 또한 전통이며 명문에 속한 이들이 가슴속 깊이 간직하고 있는 자부심이었다.

"엽무백 시주! 지금 그 말은 본 무당파를 업신여긴 것으로 봐도 무방하겠소?"

무당 장문 청허자의 눈빛과 음성이 더없이 굳어졌다.

하지만 검성은 코웃음을 더했다.

이토록 쉬운 격장지계에 넘어오는 이들 때문에 속을 끓인 것이 다 억울할 지경이었다.

"무당파나 화산파나 정과 마를 구분할 줄도 모르는데 존중받을 가치나 있는가?"

조소가 가득 더해진 검성의 음성에 분위기는 더욱 서늘해졌다.

그 순간까지만 해도 모든 일이 검성의 의도대로 흘러가는 듯했다.

하지만 그것은 무당파란 이름을 너무도 우습게 여긴 검성의 실책이었다.

청허자의 표정이 달라지며 그의 음성이 다시 한 번 정파 진영 쪽으로 이어지기 시작했다.

"무량수불! 지금 이 시각부터 북검회와 본 파는 한 하늘을 두고 있지 않을 것이오."

"……!"

"……!"

"아울러 장문령을 선포하니 본산을 비롯한 속가 백이십두 개 가문과 문파, 방회, 표국은 지금부터 북검회와 작은 연이라도 맺은 그 어떤 단체나 가문과도 명백히 적이 된다는 것을 명명하는 바요."

청허자의 음성이 퍼져 가는 동안 정파 진영은 그야말로 날벼락을 맞은 것처럼 변해 버렸다.

당황한 것은 검성 역시 마찬가지였다.

끝도 없이 술렁이던 정파 진영에서 속속들이 이탈하는

무리가 생겨나기 시작했다.

수백 년을 뿌리내려 온 육대문파의 좌장 무당파.

그 진실한 힘은 유구한 세월 도처에 뿌리내려 온 수많은 속가에 있으며, 지난 백 년 세월 동안 휘청거렸다 최근에 성세를 회복한 화산파와는 전혀 달랐다.

무당파 속가들이 장문령의 선포대로 따른다면 단일 세력으로 그들과 맞서 이길 곳이 몇 군데나 있겠는가.

용천장이나 북검회, 남도련 같은 힘이 없고서야 무엇 때문에 무당파와 척을 진단 말인가.

검성의 낯빛이 벌겋게 변할 즈음 정파 진영의 이탈은 끝도 없이 진행되어 버렸다.

"쯔쯔쯧! 제 꾀에 제가 넘어간 꼴이라니."

언제 다가왔는지 취성이 혀를 차며 검성을 나무랐다.

취성 또한 기영도와 싸움을 어중간한 상태로 끝낸 것이 아쉬웠지만 그보다 먼저 정리해야 할 것이 있음을 아는 것이다.

순식간에 삼분지 이가 사라져 버린 정파 진영, 그중 일부는 오히려 무당파 쪽으로 몰려간 이들까지 있었다.

정과 마의 선택에서 정을 택한 것은 두말할 이유도 없지만 북검회와 무당파 중 하나를 택해야 한다면 당연히 무당파라 여기는 정파인들이었다.

이합집산으로 만들어진 것이 고작 오십 년인 북검회와 정파의 기둥 중 하나이며 유구한 세월을 지켜온 무당파라면 당연히 무당파를 따르는 것이 도리였다.

"내 누누이 말했지. 명문이라 불리는 곳에는 이유가 있다고!"

그저 책망하는 것인지 아니면 비아냥거리는 것인지 모를 취성의 목소리를 듣는 동안 검성의 얼굴에 서린 살기는 더욱 짙어져 갔다.

그런 검성의 눈이 다시 한 번 전장을 살폈다.

어느새 양측은 반반으로 갈려 버렸다.

그래도 오랫동안 자신을 따라 온 북검회 소속 문파가 건재했으며, 사마군이 이끌고 온 남도련 쪽도 대부분 자리를 지킨 것이다.

"흥! 무당파고 화산파고 오늘 이후 더는 존재하지 않을 것이다."

검성의 입술을 비집고 분노로 넘실거리는 음성이 흘러나왔지만 취성은 고개를 절레절레 내저었다.

"우리 아이들도 이만하겠어. 자네 욕심 때문에 목숨을 내던지기엔 아까우니까."

"이익!"

"화낼 것 까진 없잖은가? 어차피 우리 관계야 그렇고 그런 것임을!"

취성이 휙 돌아서 개방 방도들을 향하자 엽무백은 그 등에 대고 원독에 찬 음성을 쏘아 보냈다.

"후회할 것이다. 거지 놈!"

"흘흘흘! 후회라… 후회는 여기 오고 나서 수백 번도 더 했다, 이놈아. 그만 좀 꼴사납게 굴어라."

취성이 개방 방도들을 이끌고 정파 진영에서 이탈하는 동안 검성의 온몸이 경련하듯 떨렸다.

분노와 살기를 추체하지 못하며 당장에라도 취성의 등판을 향해 검을 내지르고 싶은 것을 필사적으로 참아내야 했다.

그나마 당장 취성을 적으로 돌리면 이길 수 있는 가능성이 뚝 떨어진다는 것을 너무 잘 알기 때문이었다.

취성 또한 그런 검성의 속내를 너무 꿰뚫고 있어 유유자적 떠나갈 수 있었다.

천야평을 벗어나기 직전 취성의 눈이 기영도를 향했다.

주변 상황 때문에 고작 십여 초를 겨룬 것이 전부였지만 이미 마음 깊이 인정한 상대였다.

기영도 또한 취성을 보며 공손히 예를 표했다.

"다음번에 한번 제대로 놀아보세."

취성이 손을 휘휘 흔들며 기영도에게 살갑게 말을 걸었

지만 그는 묵묵히 취성을 배웅하는 것으로 화답했다.

하지만 취성은 그의 눈빛만으로도 무슨 말을 하는지 알 것 같았다.

살아남는다면 찾아가겠소.

기영도는 눈은 분명 그렇게 말하고 있었다.

취성이 해죽 이가 빠진 웃음을 웃어 보인 뒤 천야평을 미련 없이 떠나갔다.

"화산은 화산이고 무당은 무당이지. 개방은 또 개방이면 그뿐인 것을… 무슨 대체 무슨 헛짓거리를 했누. 이 시간에 광치 그놈이나 가르칠 것을."

점점 멀어져 가는 취성의 넋두리가 쓸쓸하게 이어지는 동안 천야평은 이제 완벽히 두 무리로 나뉜 채 마지막 결전을 준비하기 시작했다.

그럼에도 여전히 검성의 전신에선 진득한 살기가 끝도 없이 커져 가는 때였다.

*   *   *

카캉! 차장창창!

검과 검, 무기와 무기가 부딪치며 터지는 강렬한 쇳소리가 끝도 없이 울려 퍼졌다.

집단과 집단, 수천에 달하는 양 진영의 무인들이 뒤엉키며 시작된 난전은 끝도 없이 계속됐다.

막상 뚜껑이 열린 전면전은 그 어느 쪽도 밀리지 않는 그야말로 백중세였다.

숫자만 놓고 보면 분명 엇비슷했다.

하지만 그 질은 압도적으로 정파 진영이 우세였다.

화산파 쪽 대부분의 인원이 검성의 손에 살아남은 흑회의 삼류 무사이기 때문이다.

당연히 평균적인 무인들의 수준은 압도적으로 정파 쪽이 우세했다.

그럼에도 비등한 전력이 유지된 것은 오직 화산파의 검신무 때문이었다.

이미 그 위용이 널리 알려져 있다지만 눈으로 직접 목격한 검신무의 위력은 실로 무시무시했다.

화산파가 더 이상 밀리지 않고 견뎌내는 가장 큰 힘 역시 이대와 삼대제자들이 펼쳐 내는 검신무에 있었다.

그 위로 일대제자들은 자연스럽게 천룡십이숙과 맞붙었다.

송자건 등이 분전을 해보지만 경험과 연륜에서 천룡십이숙에 밀리며 위태위태한 형국을 유지하는 것은 어쩔 수가 없는 일이었다.

그에 반해 든든한 원군이 되어준 무당파 도사들은 북검회 고수들과 어울려 확연한 우세를 취했다.

천예검군 조문신이나 섬전신창 이응교 등 북검회의 원로들이 속절없이 무당파 고수들에게 밀리기를 거듭했다.

그리고 그런 난전 속에서 누구보다 빛을 발하는 절대 고수들이 존재했다.

조의선문의 백학검선과 동성국의 무인들은 강했다.

일신의 무공도 무공이지만 온갖 기기묘묘한 술법을 사용하는 그들이 난전 속에 뛰어들었다면 화산파 진영은 순식간에 쓸려 버렸을 것이다.

오십 명에 달하는 동성국의 무인, 그들을 막고 있는 것은 단 세 명이었다.

신응담과 기영도, 그리고 연산홍이었다.

그들은 그저 막는 것이 아니라 오히려 하나둘 동성국 무인들을 쓰러뜨려 나갔다.

그럼에도 언제나 끝날지 그 끝을 측량할 수 없었다.

그만큼 동성국 무인들과 백학검선의 존재감은 대단한 것이었다.

그리고 그 모든 난전의 중심에 검성 엽무백이 있었다.

그를 에워싸고 폭풍 같은 공격을 해 나가는 이들은 화산 장문인 진무와 팔선이라 칭해지는 장로들이었다.

누구라도 검성의 압도적 우위를 예측했으나 결과는 또 달랐다.

검성의 새하얀 옷자락 여기저기 베어지고 찢긴 흔적으로 가득했다.

엷게 물든 선홍빛 역시 점점 더 짙어지는 중이었다.

"이! 이놈들이!"

검성이 입술을 씹어 삼키며 노성을 내뱉었지만 팽이처럼 휘돌며 사방팔방에서 휘몰아치는 장로들의 검은 너무나 매서웠다.

카카캉!

"크윽!"

서림과 범중, 경담의 검을 간신히 받아낸 검성의 입에서 또 한 번 비명이 터져 나왔다.

하지만 그 시간조차 용납지 않고 지면을 쓸어오는 빛무리가 있었다.

장로 대종해와 방도유가 좌우에서 양쪽 다리를 삭둑 잘라 버릴 듯이 강렬한 검강을 뿌려왔다.

캉! 쿠캉!

정신없이 검을 들어 두 개의 검을 튕겨냈더니 이번엔 다시 등 뒤를 꿰뚫어오는 검이 있었다.

자칫했다간 그대로 심장이 꿰뚫릴 수 있을 정도로 위협

적인 진무의 검이었다.

그뿐이 아니었다.

그 짧은 사이 풀쩍 뛰어오른 손괴가 일도양단의 힘으로 검성의 머리를 쪼개려 했다.

대경실색한 검성이 그 자리에서 미친 듯이 휘돌며 진무와 손괴의 공격을 정신없이 튕겨냈다.

콰쾅!

혼이 나가 버린 듯한 검성이 찰나간 안도의 눈빛이 되는 순간.

서걱!

"컥!"

허벅지 아래로 기다란 자상이 생기며 핏물이 흥건하게 바짓단을 적셔왔다.

쩔룩거리며 절로 뒷걸음질 치는 검성.

검에 묻은 피를 스윽 털어낸 장로 유학선이 그런 검성을 노려보며 싸늘한 한마디를 더했다.

"누군가 그러더구나. 싸움은 공력만 높다고 되는 게 아니라고."

검성의 얼굴은 와락 일그러졌지만 잠시 잠깐 찾아온 기회 동안 최대한 공력을 끌어 올리려 했다.

하지만 그런 기회를 절대 허용할 리 없는 화산파의 장로들이었다.

"그분이 또 말했다. 숨통은 끊을 수 있을 때 끊어야 한다고!"

유학선은 연달아 싸늘히 입을 뗀 뒤 그대로 허공으로 뛰어올라 검을 뿌렸다.

슈캉!

연달아 장로들 또한 쉼 없이 검을 뿌렸다.

카카카카캉!

검성은 그야말로 미친 듯이 검을 휘두르며 간신히 그걸 막아낼 뿐이었다.

장로들이 스스로의 무공을 더해 새롭게 변형시킨 검신무와 매화검진은 끝도 없이 검성을 휘몰아쳤다.

그때마다 검성의 온몸은 조금씩 핏물로 덧칠되어 갔고, 정신없는 난전이 넓게 펼쳐진 가운데 양측 모두가 힐끔거리며 그 싸움을 주시할 수밖에 없었다.

한눈에도 검성이 확연히 밀리고 있는 상황.

검성이 진다면 이 싸움에서 진다는 의미임을 알기에 누구라도 그를 돕고자 했다.

하지만 화산파 제자들은 결코 그것을 허용치 않았다.

화산의 제자들 또한 알기 때문이었다.

잠시의 틈만 허용해도 지금 잡고 있는 우위가 깨질 수 있는 고수가 바로 검성이라는 사실을.

"이이익! 비겁한 놈들!"

또 한 번의 폭풍 같은 연격을 막아낸 검성이 목소리를 높였지만 오히려 역효과만 났다.

"비겁이라? 한꺼번에 덤비란 놈이 누구였더라."

"잔대가리 굴리지 마라. 그 속셈이 훤히 보이니까!"

손괴와 서림이 연달아 목소리를 내뱉은 뒤 간신히 호흡을 고르던 검성을 다시 몰아세웠다.

검성은 허우적거리고 위태위태하면서도 어떻게 든 화산 장로들의 공세를 견뎌냈다.

누구라도 나서서 한 두 호흡만 견딜 수 있게 해준다면, 결코 방심하지 않고 이들을 갈가리 찢어죽이고 말겠다는 생각으로 오직 버티고 버틸 뿐이었다.

그 기회가 온다면 단번에 전세를 뒤집을 수 있단 생각 또한 끝없이 계속했다.

그래야만 간신히 버텨내는 것이 가능할 정도로 너무나도 무섭고 소름 끼치는 검진이기 때문이었다.

그런 검성의 상태는 물론 전황을 예의 주시하고 있던 두 개의 머리가 맹렬히 돌아갔다.

좌문공과 사마군은 사태가 심상치 않음을 직감하고 그

해결책을 강구해 냈다.

통천심안과 명견혜도, 그들이 그러한 별호를 얻고 거대한 집단을 움직이는 것에는 그만한 능력이 있기 때문이었다.

"현무검대와 주작검대는 검군을 도와 무당파를 견제하라!"

좌문공의 우렁우렁한 목소리가 울리자 흑회의 무사들과 더불어 화산파 어린 제자들과 뒤엉켜 있던 백여 명의 무인이 일제히 물러섰다.

그 순간 다시 좌문공의 커다란 외침이 이어졌다.

"검군과 신창께서 화산의 꼬맹이들을 치시오!"

"……!"

"……!"

천예검군 조문신과 섬전신창 이응교의 얼굴이 와락 일그러졌다.

비록 무당파 장문과 장로들에게 밀리는 모습을 보였다지만 화산의 꼬맹이들을 상대하라니.

무인으로서 자존심이 허용치 않는 일이었다.

순간 좌문공이 버럭 목소리를 높였다.

"검성 어르신을 죽일 셈이시요! 어서 빨리!"

주문신과 이응교가 화들짝 놀라더니 그 자리를 박차고

전방으로 뛰어나갔다.

두 사람의 빈자리를 현무검대와 주작검대가 메운 뒤 무당파 도사들을 견제하기 시작했다.

반면 조문신과 이응교가 날아들자 화산파 제자들이 당황하기 시작했다.

천예검군 조문신은 북검회의 부회주로 천하십강에 이름이 올라 있는 고수였다.

과거 칠절패도 여양종과 같은 수준의 무인이란 뜻이다.

아무리 지난 일 년 새 많은 발전이 있었다지만 그 수준의 무인과는 급이 다를 수밖에 없었다.

더구나 조문신 혼자도 아니고 천하십강에 버금가는 창술의 고수 이응교까지 가세했다.

거기에다 결코 무시할 수 없는 정파 쪽 고수들이 빽빽하게 사방으로 포위한 상황까지 더해진 때였다.

"검군! 손에 사정을 두어선 안 되오!"

다시 한 번 귓가로 꽂힌 좌문공의 다급한 음성에 조문신도 이를 악물었다.

통천심안의 지략과 꾀를 잘 아는 터라 생각은 더 이상 하지 않기로 결정했다.

이걸 통해 검성을 구하고 전황을 뒤집을 수만 있다면 얼마든지 벨 수 있었다.

조문신에게도 검성과 북검회는 인생을 걸어온 전부이기 때문이었다.

슈앙!

조문신의 검이 번뜩이며 허공을 갈랐고 연이어 찢어지는 비명 하나가 울려 퍼졌다.

"아아악!"

삼대제자 하나의 옆구리가 순식간에 반쯤 갈라지더니 내장을 쏟아내 버린 것이다.

그와 한 조인 이대제자 표심강이 검을 내던지고 다급하게 지혈을 해보지만 삽시간에 생명의 불씨가 꺼져가는 어린 제자를 지켜낼 수는 없었다.

"표 사… 사숙님… 아파요……!"

"현오야! 쉬… 쉬… 곧 괜찮아질 거다. 크윽!"

삼대의 어린 제자 현오가 숨을 들썩이다 고요해졌다.

이제 고작 열여섯 살, 그 죽음이 이제껏 너무나 잘 싸워내던 이대와 삼대제자들을 동요케 했다.

죽음에 대한 두려움 때문은 절대 아니었다.

오히려 현오의 복수를 위한 산발적인 공격이 오직 천예검군을 향해 이어지기 시작한 것이다.

카캉!

카카카카카캉!

검신무가 일제히 휘몰아쳐 오자 조문신도 적잖이 당황할 수밖에 없었다.

공력 같은 것은 형편없는 것이 분명한데 그 빠르기와 매서움, 그리고 현묘한 변화는 절대로 우습게 상대할 수 있는 것이 아니었다.

조문신은 공격도 한 번 제대로 못하고 연신 뒷걸음질 치느라 혼이 빠져 버릴 지경이었다.

그 순간이 되자 좌문공이 기다렸다는 듯 소리쳤다.

"뭐해? 천강검대 백호검대는 흑회의 떨거지들 쓸어버려!"

그 싸움에 전신이 퍼뜩 난 듯 북검회 무단들이 일제히 흑회 무인들을 향해 쏘아져 나갔다.

이제껏 검신무로 이루어진 균형이 단번에 무너지며 흑회 무사들이 속절없이 쓰러져 나갔다.

"형! 나는 이쪽!"

"아버님! 좌열은 소자가! 풍검대 설검대는 가운데를 막앗!"

그나마 설매산장의 무인들이 당황치 않고 적들을 막아냈지만 검신무가 전부 천예검군을 향해 이동한 후, 숫자와 전력에서 속절없이 밀릴 수밖에 없었다.

이대로 시간이 지난다면 흑회나 설매산장은 전멸할 것이 불을 보듯 뻔했다.

그러한 변화는 누구라도 눈치챌 수 있는 일이었다.

누구라도 다급한 얼굴일 수밖에 없는 때, 가뜩이나 밀리던 일대제자들은 오히려 더욱더 궁지에 몰려갔고 장문인과 장로들 역시 오롯이 검성과의 싸움에 집중할 수 없게 돼버렸다.

그런다고 누구 하나 몸을 빼서 도와줄 수도 없는 상황이었다.

시간이 조금씩 흘러갈수록 더욱 화산파 도사들의 정신은 산만할 수밖에 없었다.

이대로라면 결과는 명약관화했다.

그 순간 동성국 무인들과 정신없이 싸우던 연산홍의 목소리가 다급하게 터져 나왔다.

"두 분 중 누구라도 가야 합니다."

신응담과 기영도가 일순간 서로 눈을 마주쳤다.

연산홍의 의도가 무엇인지 단숨에 깨달은 것이다. 그리고 결정은 망설임 없이 내려졌다.

"잘 버티게. 곧 오겠네."

"제자들을 지켜주십시오, 기 사형."

신응담은 남았지만 기 사형의 신형이 그 자리에서 촛불

처럼 사라졌다.

셋이서 간신히 막고 섰던 동성국 무인들과의 싸움이 이제는 둘로 줄어들었다.

당연히 엄청난 압박과 함께 뒤로 조금씩 물러날 수밖에 없었다.

그럼에도 이를 악물며 연산홍과 신웅담은 악착같이 버텨냈다.

잠시 뒤엔 두 사람 얼굴에 미소까지 걸렸다.

우두둑!

콰득!

섬뜩한 비명이 쉴 새 없이 들려왔기 때문이었다.

보나마다 기영도가 만든 소리였다.

그리고 그 끔직한 소리와 더해진 비명 소리는 점점 더 빠르고 점점 더 광범위하게 퍼져 갔다.

어린 제자의 죽음을 접한 기영도!

순간 기영도의 눈은 살기로 뒤집어졌고 온몸은 시뻘건 핏물로 덧칠되어 버렸다.

암향표, 산화무영수, 생사응사박을 펼치는 기영도에 의해 전황은 또 한 번 뒤바뀌어 갔다.

사파인들이 느꼈던 무시무시한 공포를 그들 또한 뼈저리게 느끼기 시작한 것이다.

하지만 정파인들에게도 탈출구는 있었다.

콰콰콰쾅!

"크윽!"

"으음!"

진무를 비롯한 장로들의 신형이 사방으로 튕겨지듯 날아 간 것.

그 중심에 분노와 살기로 번들거리는 검성 엽무백이 있 었다.

"버러지 같은 놈들이 감힛!"

검성 또한 온몸에 피칠갑을 한 모습이었다.

그 주변으로 빼곡하게 자리 잡은 빛나는 검들이 섬뜩한 예기를 발했다.

어린 제자들을 신경 쓰느라 생긴 찰나의 틈.

좌문공이 벌어준 그 시간은 검성이 반격을 준비하기에 충분하고도 남았다.

"죽엇!"

슈슉슈슉슈슉슈슉!

빛나는 검이 유성우처럼 천지를 가득 메우기 시작했 다.

"후훗! 끝났군."

좌문공의 입가에 절로 미소가 걸렸다.

"역시! 통천심안, 이 사마군 진정으로 감복했소."

사마군 역시 그를 치켜세우며 이 싸움의 결착을 여유로운 눈길로 지켜볼 수 있었다.

하늘을 가득 메운 그 섬광의 향연이 모든 싸움에 종지부를 찍을 것임을 전혀 의심치 않으며.

그 순간이었다.

느닷없이 하늘이 통째로 갈라지는 듯한 기현상이 벌어졌다.

유성우가 수놓아진 하늘을 통째로 갈라 버린 듯한 믿지 못할 일이었다.

파카카카카카카카카캉!

연달아 허공을 가득 메운 검들이 한꺼번에 터져 버린 폭죽처럼 깨져 나갔다.

쿠콰콰콰콰콰쾅! 콰콰콰쾅!

하늘이 깨지고 땅이 뒤집힐 것 같은 엄청난 폭음이 천야평은 물론 우뚝 솟은 연화봉까지 흔드는 것만 같았다.

"크억!"

검성의 입에서 비명과 함께 시뻘건 피가 뿜어졌다.

검성이 갑자기 가슴을 부여잡고 휘청였다.

그 엄청난 폭음과 함께 찰나지간 모든 싸움이 멈춰 버렸다.

모두 약속이나 한 듯 사방을 두리번거리는 그때, 뚜벅뚜벅 걸음을 옮겨 천야평으로 다가오는 이가 있었다.

파립을 길게 눌러쓰고 오른 손에 커다란 도를 든 사내였다.

그 모습을 익숙히 알고 있는 이나 모르고 있는 이나 눈이 뒤집힐 정도로 놀랄 수밖에 없었다.

"주… 주공?"

가장 먼저 반응한 것은 여태 화산파 제자들을 잘도 몰아치고 있던 천룡십이숙이었다.

연달아 사마군이 덜덜 떨리는 목소리를 토해냈다.

"련주… 님……."

뚜벅뚜벅 걸어 전장의 중심까지 다가온 사내가 파립을 벗어 던졌다.

사내의 정체는 남도련의 야도였다.

그는 살짝 인상을 찌푸리며 사마군과 천룡십이숙, 그리고 당황함을 감추지 못한 채 정파 진영에 뒤섞인 남도련 무인들을 훑었다.

야도는 어쩔 줄을 몰라 하는 그들을 완전히 무시한 채 검성을 향해 신형을 돌렸다.

야도의 칼끝이 검성을 향했고, 검성의 눈가가 경련하듯 떨렸다.

"방금 그게 실력의 전부인가?"

"……."

"간댕이가 부었군. 그 실력으로 그 인간을 건들다 니……."

검성의 온몸이 부들부들 떨려왔다.

천하제일도 야도, 하지만 눈앞에서 직접 목격한 그의 실력은 소문이 너무나도 턱없이 부족하단 느낌밖에 들지 않았다.

그저 칼끝이 향한 것뿐인데도 온몸이 미친 듯이 떨려왔으니 그것으로 충분했다.

자신보다 최소 몇 발 이상은 앞서 있다는 것이 고스란히 전해져 왔다.

완벽한 패배였다.

싸울 엄두조차 나지 않으며 칼끝을 보는 것만으로도 두려워 바짓단을 오줌으로 찔끔 적실 지경이었다.

부르르르르르!

검성의 얼굴이 파리 날갯짓처럼 미친 듯이 떨리며 그 눈이 바닥을 향해 내리깔리는 것을 본 야도가 무심한 눈으로 신형을 돌렸다.

그 순간 흠칫하며 일제히 굳어져 버린 사마군과 천룡십 이숙.

그 싸늘한 야도의 눈길을 받으며 누구 하나 감히 입을 열 생각을 할 수 없었다.

그때였다.

야도가 왔던 방향으로 또 다른 누군가의 그림자가 보이기 시작했다.

한쪽 발을 쩔룩거리며 걷는 젊은 도사와 그를 부축하고 있는 추레한 중년 사내였다.

기이하게도 젊은 도사가 발을 디딜 때마다 철컹철컹 하는 쇳소리가 울렸다.

그 소리에 자연스레 시선이 옮겨진 화산파 도사들이 기경한 목소리를 토했다.

"사제?"

"반 사숙?"

"운산아!"

다리를 절뚝거리며 다가오는 이는 분명 반운산이었다.

다리 하나를 잃고 들것에 실린 모습으로 화산을 떠나갔던 반운산. 비록 쩔룩거리며 누군가의 부축을 받고 있다지만 분명 반운산은 자기 다리로 걷고 있었다.

반운산 역시 잠이 오지 않을 정도로 걱정했던 동문의 사형제들과 장로들을 다시 보게 되자 울컥하고 눈물이 쏟아지려 했다.

"어여, 가!"

내내 반운산을 부축하던 사망림주 육조가 씨익 웃어 보이자 반운산이 꾸벅하고 고개를 숙였다.

운남의 지독한 대수림 속에서 몇 번이나 자신의 목숨을 구해준 이가 육조였다.

그리고 그가 없었다면 그 넓고 험한 밀림의 심처에서 삼목신안의 은신처를 찾아낼 수는 절대로 없었을 것이다.

죽은 이도 살려냈다고 전해지는 삼목신안의 놀라운 의술과 그 결과물들이 그 깊은 대수림 속에 고스란히 잠자고 있었다.

또한 그곳에서 그들은 도저히 믿기 힘든 기록을 접했다.

육조와 마주친 반운산의 눈빛이 더없이 깊어져 갔다.

이제 자신들이 알게 된 비밀을 세상에 내놓을 때 어떠한 파장이 올지 생각만으로도 두렵기 때문이었다.

그런 마음을 읽었는지 육조가 반운산의 어깨를 툭툭 두드렸다.

"뭐, 우리 정도가 걱정할 일들은 아니잖아?"

"네! 평생 동안 은혜를 가슴에 두고 살겠습니다."

"하하하! 그런 말은 함부로 하는 거 아냐! 자칫하다가 내 꼴 난다구."

반운산이 피식 웃으며 다시 한 번 꾸벅 고개를 숙였다.

휙 하고 신형을 돌린 반운산이 첫 발을 쩔룩이며 내디뎠다.

그리고 쇳덩이로 만든 의족을 땅에 밟는 순간이었다.

철컹!

콰— 앙!

반운산의 신형이 굉음과 함께 포탄처럼 앞으로 쏘아졌다.

천야평을 가득 메운 이들과 화산파 문도들이 놀랄 사이도 없이 순식간에 대지를 가로지른 반운산.

"……!"

"……!"

그야말로 반운산의 신형이 번쩍하고 코앞에 나타나자 진무를 비롯한 장로들은 물론 일대제자들과 어린 제자들까지 입이 쩍 벌어진 모습이었다.

반운산이 그런 동문들을 보며 한 차례 휘청이다가 멋쩍은 듯 뒷머리를 긁적였다.

"아직 익숙지가 않아서… 제자 반운산이 장문인과 장로 진인들을……!"

서둘러 예를 차리던 반운산의 눈빛이 부릅떠졌다.

한쪽 구석에서 오열하는 표심강과 피를 철철 흘리는 어

린 제자 현오를 발견한 것이다.

반운산이 다시 한 번 풀쩍 뛰더니 오열하고 있던 표심강을 그대로 밀쳐 냈다.

"반 사숙?"

깜짝 놀란 표심강이 소리치는 것을 볼 새도 없이 반운산의 손이 현오의 완맥을 허둥지둥 움켜잡았다.

미약하게나마 뛰고 있는 맥.

넘치는 핏물과 함께 내장이 절반쯤 밖으로 쏟아져 나왔지만 분명 아직까지 살아 있었다.

그리고 숨결만 붙어 있다면 누구라도 반드시 살려낼 수 있는 약이 자신에게 있었다.

반운산이 허겁지겁 품을 뒤져 손바닥 반 크기의 옥병을 꺼내 들었다.

황급히 뚜껑을 따고 현오의 입을 벌린 반운산이 옥병의 액체를 목구멍을 흘려 넣었다.

현오의 입술 사이로 비집고 들어가는 옥병에서 너무나도 달콤하고도 청아한 향이 끝도 없이 피어올랐다.

절반쯤 옥병의 액체를 남긴 반운산이 이번엔 배 밖으로 삐져나온 장기들을 조심스럽게 안으로 밀어 넣었다.

그리고 남은 옥병의 액체를 통째로 그곳에 뿌려댔다.

푸쉬시시식!

희뿌연 연기가 피어나며 장기와 살점이 부글거리며 끓기 시작했다.

잠시의 시간이 흐른 뒤 지켜보던 모두가 기겁할 만큼 놀랄 일이 벌어졌다.

희뿌연 연기와 끓어오르던 거품이 사라진 뒤 현오의 아랫배에는 상흔 하나 남지 않았던 것이다.

"으윽! 으음!"

연이어 현오의 입에서 나직한 신음이 토해지자 그 누구보다 크게 소리친 이는 표심강이었다.

"현오야! 현오야!"

그런 표심강을 보고 나서야 반운산이 환하게 웃었다.

"아직은 쉬어야 한다."

"크윽! 반 사숙! 감사합니다. 감사합니다."

표심강은 현오가 죽어갈 때보다 더욱 대성통곡을 하며 연신 반운산에게 고맙다는 말만 계속했다.

반운산도 안도감과 함께 길게 참았던 숨을 내뱉었다.

기다렸다는 듯 장로들이 밀려온 것은 당연한 일.

"이게 어찌된 것이냐?"

대장로 손괴가 입을 떼자 반운산이 공손하게 장로들과 장문인을 향해 예를 표했다.

"후우~! 대체 어디서부터 말씀을 드려야 할지……."

"……."

"……."

반운산의 길게 흘러나온 한숨과 침중하게 가라앉은 눈빛에 누구 하나 그를 채근할 수가 없었다.

"이야기는 나중에 듣도록 하세. 눈앞을 정리하는 것이 먼저인 듯하니."

장문인 진무의 음성에 장로들 역시 동조할 수밖에 없었다.

싸움은 아직 끝난 것이 아니었다.

느닷없는 야도의 등장과 함께 잠시 소강상태를 보일 뿐.

그렇다고 해도 이전과 같은 난전이 벌어질 것 같지는 않았다.

정파 연합의 절반을 채우고 있던 남도련 측이 벌써부터 슬금슬금 물러서고 있었기 때문이었다.

천룡십이숙은 이미 땅바닥에 도를 꽂은 뒤 극상의 예로 야도의 처분만 기다리는 모습이었고, 그 앞에 선 사마군은 어쩔 줄을 몰라 하며 야도의 눈치만 봤다.

"더 이상 남도련은 없다."

사마군뿐 아니라 천룡십이숙이 화들짝 놀라 고개를 쳐들

었다.

하지만 야도의 시선은 너무나 싸늘했다.

"가라. 가서 무인으로 살아라."

야도의 음성에 천룡십이숙이 일제히 몸을 떨며 야도를 올려다봤다.

평생을 그에게 배웠고 평생의 목표이기도 했던 위대한 도객 야도, 그가 조금 전 내뱉은 말이 무엇을 말하는 것인지 모두가 너무도 잘 알고 있는 것이다.

그들 모두 부끄러움에 차마 야도를 더 이상 쳐다볼 수도 없었다.

야도의 시선 또한 그들을 차갑게 외면했다.

천룡십이숙이 서로의 얼굴들을 쳐다본 뒤 일제히 야도를 향해 포권을 취했다.

하지만 야도는 끝끝내 화답해 주지 않았다.

그럼에도 그들은 미련 없이 발걸음을 돌릴 수 있었다.

다시 한 번 무인이 되어 돌아온다면 그가 화답해 줄 것임을 알기 때문이었다.

야도 이화룡은 그런 사내였다.

이 강호에 존재하는 어쩌면 마지막일지도 모를 무인.

천룡십이숙이 떠나가는 동안 사마군은 똥 마려운 강아지 꼴이 되어 그저 야도의 눈치를 살펴야만 했다.

그러거나 말거나 야도는 그 자리에 털썩 주저앉아 가부좌를 틀었다.

그리고 자신의 애병인 파천도를 그대로 땅속에 쑤셔 박았다.

푹!

땅속에 절반쯤 박힌 도의 손잡이를 오른손으로 움켜쥔 야도가 눈을 번쩍 치켜뜨며 우뚝 솟은 연화봉 꼭대기를 뚫어져라 쳐다봤다.

지척에서 눈치를 보던 사마군도, 그의 등장에 우왕좌왕하던 남도련 측 무인들도, 처참함 꼴이 된 검성이나 북검회 무인들도 모두 야도의 돌발 행동에 적잖이 당황할 수밖에 없었다.

"내려오시오!"

"……!"

"……!"

"파천십이결을 얻었소. 약속대로 다시 붙어봅시다."

야도의 목소리가 우렁우렁하게 천야평 위로 울려 퍼지자 그곳에 모인 이 모두가 당황한 표정으로 주변을 살피기에 급급했다.

대체 누구를 향해 저 야도가 목소리를 높이고 있는지 전혀 이해할 수 없었기 때문이었다.

그때였다.

하늘 가운데 어딘가에서 누군가에겐 너무나 익숙하고, 또 누군가에겐 너무나 그리운 음성 한 줄기가 들려왔다.

"쯧! 봤냐?"

第九章

그 목소리가 들렸다.

한때는 모두의 가슴을 가득 채워준 목소리였고, 이제는 원망과 애증만을 남긴 바로 그 목소리였다.

천야평에서 수많은 우여곡절을 겪으면서도 끝끝내 꿋꿋함을 유지하던 화산파 도사들이 걷잡을 수 없이 술렁이기 시작했다.

왜 하필 지금이란 말인가.

왜 조금만 더 빨리 오지 않았단 말인가.

정파인들에게 속수무책으로 밀리고, 속가와 흑회 무인들

이 검성에게 처참하게 죽어나갈 때, 차라리 그때 나타났더라면.

그랬다면 그저 나타나 준 것만으로도 고맙고 감사히 여겼을 것이다.

하지만 늦었다.

전 강호를 뒤흔들었던 싸움은 이미 결착을 향해 가는 때였다.

검성이 꺾이고 정파 연합은 이미 붕괴한 것이나 다름없었다.

북검회의 무인들은 물론 동성국 무인들마저 모든 것이 끝났음을 받아들이고 물러선 때였다.

예기치 못한 조력자가 있었지만 본질은 화산파 스스로 모든 것을 감당한 것이다.

그런데.

이 모든 사태의 시작이자 원인인 그가 다시 화산에 온 것이다.

천살마군, 염세악!

차라리 오지 않았더라면.

이대로 잊힐 수 있다면, 화산의 누구라도 가슴속 그리움과 원망을 끌어안고 살아갔을 것이다.

하지만 그가 다시 나타났으니 어쩌면 싸워야 할지 몰

랐다.

어찌 되어도 그는 마인이며 화산파는 정도를 받드는 육대문파의 하나였다.

그것이 변치 않은 한 천살마군과 화산파가 공존할 수 있는 길은 어디에도 없는 것이었다.

그런 상황을 너무도 잘 알고 있기에 익숙한 그 목소리 한 번에 화산파는 더없는 혼란 속으로 빠져들 수밖에 없었다.

화산파의 그런 분위기는 다른 이들에게도 고스란히 전해져 왔다.

하지만 그들은 이제 방관자일 뿐이었다.

화산에서 시작했으니 이 모든 것 역시 화산에서 끝을 내야 하는 일이 되어버렸다.

천야평에 남은 수많은 이는 약속이나 한 듯 숨죽이며 기다렸다.

곧 모습을 드러낼 천살마군 염세악을.

"쩝!"

민망한 듯 뒷머리를 긁적거리며 염호가 나타났다.

언제부터 이곳을 지켜보고 있었는지 염호가 모습을 드러낸 곳은 화산파 본산으로 이어지는 산로의 초입이었다.

좌중의 시선이 한꺼번에 염호를 향해 쏘아진 것은 당연

한 일이었다.

　평소라면 그 정도 시선 따위에 눈썹하나 까딱하지 않을 염호였지만, 지금은 겸연쩍은 표정을 감추지 못했다.

　늘 그렇듯 패왕부를 등에 멘 모습으로 자기 볼을 슬쩍슬쩍 긁던 염호의 눈이 화산파 도사들을 스윽 훑었다.

　"태사……!"

　어린 삼대제자 하나가 울컥해 목소리를 토했지만 바로 옆에 있던 이대제자가 얼른 그 입을 손으로 막았다.

　마음이야 어떨지 모르지만 절대로 그렇게 말해선 안 된 다는 것을 알기 때문이었다.

　염호를, 아니, 천살마군을 태사조로 부르는 순간.

　이 싸움이 처음으로 되돌아간다는 것을 누구 하나 모르 지 않기 때문이다.

　"이럴라고 온 건 아닌데……."

　염호도 딴에는 면이 서질 않는 듯 더 이상 화산파 제자들을 쳐다보지 못했다.

　다만 그들 곁을 휘적휘적 지나가며 수많은 감정이 고스란히 드러난 눈빛들을 맞았을 뿐이었다.

　아주 잠깐 힐끗 눈알을 굴려 본 진무는 결국 넋이 나간 모습이었고, 신웅담은 당장에라도 검을 날릴 듯 매서운 눈 빛이었다.

기영도는 그저 무심해 보였지만 그래도 그 눈가에 한 줄기 따스함을 읽을 수 있었다.

장로 손괴도, 범중도, 서림도, 유학선도 모두 크게 다르지 않았다.

서글픔, 원망, 그리움…….

염호는 그들의 감정들을 부러 외면한 채 천야평의 중심을 향해 걸어 나갔다.

슥!

땅에 박힌 파천도를 꺼내 든 야도가 천천히 일어서며 염호를 맞았다.

"오셨소?"

"끙! 하여튼 도움이 안 되는 놈!"

염호가 살짝 인상을 찌푸렸지만 야도는 그런 것엔 전혀 상관없다는 얼굴이었다.

척!

도끝이 염호를 향하자 염호의 눈가가 한 차례 크게 씰룩였다.

"꼭 여기서 해야겠냐?"

"보는 눈이 없는 곳으로 가시겠소?"

"아니다. 쩝! 기왕 이렇게 된 거…….'

염호가 슬쩍 말끝을 흐리더니 주변을 스윽 훑었다.

움찔!

간신히 안색을 회복한 검성 엽무백이 염호와 눈이 마주치는 그 짧은 순간 부르르 몸을 떨었다.

"딴 건 몰라도 넌 용서가 안 돼……."

나직한 목소리에 검성의 얼굴이 파리하게 변했고, 염호는 쯧 혀를 차며 다시 시선을 다른 쪽으로 돌렸다.

"오! 산홍이!"

염호가 손을 번쩍 들어 아는 체를 하자 좌중의 시선이 한꺼번에 연산홍을 향해 몰려들었다.

당황한 연산홍이 뭐라 대꾸도 하지 못한 채 얼굴만 붉게 변해갔다.

이 판국에 '산홍이'라니.

대체 저 인간 머릿속이 어떻게 된 건지 뚜껑을 열어서라도 확인하고 싶은 심정이었다.

"너한테 선물 있다!"

"……?"

"화산파에 있어. 사실, 그거 땜에 잠깐 들른 건데……. 이궁!"

염호가 다시 한 번 제 볼을 긁적거리는 동안 연산홍의 눈빛은 더없는 혼란에 빠졌다.

대관절 이런 상황에 나타난 것도 이해가 안 되는데 느닷없는 선물 타령이라니.

연산홍은 더욱더 천살마군이란 탈을 뒤집어쓴 소년 염호를 이해하기 힘들었다.

"다 끝났소?"

그 순간 야도의 날 선 음성이 염호를 향해 이어졌다.

염호의 눈이 야도를 향하더니 조금 전과는 전혀 다르게 변해갔다.

고요하게 가라앉아 그 끝을 측량할 수 없이 깊어지는 눈길.

반면 야도의 눈썹이 거칠게 흔들렸다.

"파천십이결, 어때? 쎄지?"

"……."

"근데 그거 아냐? 그걸론 백 년 전에도 나한테 안 됐다는 걸?"

꿈틀!

파천도를 움켜쥔 야도의 손등 위로 힘줄이 터질 듯 부풀었다.

"아직 더 할 말이 남았소?"

"쯧! 재미없는 놈!"

"가겠소."

일순간 파천도를 겨눈 야도 주변으로 엄청난 풍압이 휘

第九章 271

몰아쳤다.

후아아앙!

도끝으로 휘몰아친 풍압이 순식간에 기세와 엉키더니 번쩍하는 섬광으로 변했다.

캉!

너무 빨라 어떻게 염호를 공격했는지, 또 염호는 언제 흑뢰정을 꺼내 그걸 튕겨냈는지 알아챈 이가 없을 정도였다.

그런데 묘한 일이 벌어졌다.

"크억!"

두 사람이 아닌 다른 이의 입에서 비명이 터져 나온 것이다.

검성 엽무백!

그의 우측 어깨 위로 핏물이 번지더니 오른쪽 팔 전체가 힘줄이 끊긴 것처럼 축 늘어져 버렸다.

야도의 얼굴은 더없이 굳어졌지만 염호는 손에 든 흑뢰정으로 뒷머리를 박박 긁었다.

"에구구! 하필 그게 그리로 튀냐! 미안해! 일부러 그런 건 아니야!"

그런 일이 우연일 거라고 믿는 사람은 그곳에 아무도 없었다.

하지만 또 그걸 의도했다고 윽박지를 수 있는 이가 없는 것도 사실이었다.

순간 야도의 도끝으로 조금 전과는 전혀 다른 소리가 맺히기 시작했다.

츄츠츠츠츠츠츠츳!

도신 전체가 공명하며 수십만 마리의 벌레 떼가 나는 듯한 소름 끼치는 소리가 흘러나오기 시작한 것이다.

촤아아아아악!

파천도가 베어가는 궤적을 따라 수천 개의 빛무리가 쏘아졌다.

마치 은하수를 도끝으로 뿌리는 듯한 너무나도 찬연한 빛이 염호를 향해 휘몰아쳤다.

"이크!"

정말 놀란 것인지 일부러 그러는 것인지 과장된 소리를 뱉은 염호가 재빠르게 등 뒤의 패왕부를 꺼내 들었다.

후웅! 후우우우우웅!

가운데 도낏자루를 잡고 엄청난 속도로 패왕부를 휘돌리는 염호!

카캉! 카카카카카카카카캉!

도끝에서 뿌려진 빛이 휘도는 패왕부와 부딪치며 강렬한 불꽃을 끝도 없이 일으켰다.

그리고 또다시 비명이 이어졌다.

"컥!"

"크억!"

"크아아아아아아악!"

뚝뚝 끊기는 비명은 모두 한 사람, 검성 엽무백의 목소리
였다.

싸움이 인 곳과는 전혀 엉뚱한 곳에서 쉴 새 없이 터진
비명, 그 결과를 본 좌중은 아연실색한 얼굴이 되어버렸다.

검성의 전신에 시뻘건 반점이 생겨 버렸다.

머리끝부터 발끝까지 시뻘겋던 반점은 점차 더 크게 번
져 갔다.

핏물이었다. 작은 핏물이 끝도 없이 번져 가는 것.

풀썩!

무릎이 휘청 꺾인 검성의 온몸이 일순간 축 늘어진 문어
새끼마냥 흐물흐물 늘어졌다.

"왜 자꾸 그쪽으로 튕겨. 이거 미안! 본의는 아니었어."

고개를 땅바닥에 처박은 채 눈만 꿈뻑거리는 검성을 향
해 염호는 친절하게 손까지 들어 보였다.

그 일을 지켜 본 모두가 경악했다.

처음이야 만에 하나라도 우연일 가능성이 있다지만 이번
엔 의심할 필요조차 없었다.

검성의 전신 근맥을 가닥가닥 모조리 끊어버린 것이다.

다른 무엇도 아닌 야도의 무시무시한 공격을 튕겨내는 방법으로.

"나를 모욕하지 마시오!"

야도의 입에서 전에 없이 강렬한 기세가 담긴 목소리가 뿜어졌다.

모든 것을 걸고 임한 싸움에서 치욕을 당했다 여긴 야도의 두 눈에 핏발이 섰다.

전과 다른 지독한 살기마저 줄기줄기 피어올랐다.

염호를 상대로 공력의 대결이 아무 의미도 없다는 것을 알기에 그저 초식만을 펼친 것이다.

하지만 그런 자신을 염호가 철저히 무시했다.

무인으로서의 수치, 야도에게 그것은 죽음보다 더한 굴욕이었다.

야도는 이제 전심전력을 다한 생사결을 택했다.

처음 염호와 마주 상대했던 그때처럼.

걷잡을 수 없이 커져가는 야도의 기세가 천야평에 모인 모두를 숨죽이게 했다.

그 순간만은 세상에 누가 있어 저만한 무인을 이겨낼 수 있을까 하는 생각을 할 수밖에 없었다.

하지만 상대는 염호였다.

"모욕?"

싸늘한 목소리 한마디가 야도의 엄청난 기세를 단번에 쓸어버렸다.

"지금 모욕이라고 했냐?"

염호가 삐딱한 눈으로 야도를 쳐다봤다.

굳건하던 야도의 표정 역시 그때만은 크게 흔들렸다.

알 수 없는 한기가 온몸을 엄습해 뼛속까지 얼려 버린 기분이었다.

"내가 여기 있는데… 나 염세악도 여기서 이 꼴을 하고 참는데, 모욕이라고?"

후우우우우우웅!

염호의 장포가 광풍에 휩쓸린 뒤 거칠게 펄럭였다.

파천도를 움켜쥔 야도의 전신이 덜덜 떨리기 시작할 즈음 염호의 시선이 순식간에 좌중을 휩쓸었다.

"뭘 쳐다보고 지랄들이야!"

너무나 갑작스레 터져 나온 염호의 일갈이 삽시간에 천야평 전체를 움츠리게 만들었다.

"웃기는 놈들. 정파? 네놈들이?"

염호의 검은 눈동자가 순식간에 먹물이 번지듯 흰자위를 잠식해 갔다.

더불어 전신으로 뿜어진 어둠보다 짙은 암흑이 끝도 없이 하늘로 치솟았다.

마기였다.

염호가 뿜어낸 엄청난 마기가 하늘을 뒤덮을 듯 치솟아 오른 뒤 서서히 하나의 형상을 갖추기 시작했다.

"으으으으!"

"으헉!"

"사… 살려……!"

"제발!"

곳곳에서 공포에 완전히 잠식되어 버린 신음과 비명이 터져 나왔다.

천야평 가운데 치솟아 연화봉 꼭대기 높이만큼 자라난 시꺼먼 마기.

그 마기의 형상을 확인한 이들이 눈을 까뒤집고 거품을 물며 풀썩풀썩 쓰러져 갔다.

거대한 뿔이 난 머리.

태산처럼 끝없이 치솟은 육중한 상체.

그 몸통에서 뻗어난 여섯 개의 팔에는 무시무시한 크기의 도끼가 들려 있었다.

그대로 도끼를 휘두르기라도 한다면 천야평은 물론 화산의 봉우리들마저 단숨에 잘려 나갈 것 같았다.

엄청나게 거대한 형상의 마기에 휩싸여 모습마저 사라져 버린 염호.

대신 산자락처럼 자라난 거대한 악마의 형상에서 하늘의
울부짖음 같은 노성이 토해졌다.

똑똑히 기억해라.

이미 두려움에 짓눌려 버린 이들이 고막이 터져 나갈 듯
울리는 목소리에 다시 한 번 혼비백산했다.

봐주는 것이다.
**손가락으로 짓눌러 죽일 수 있는 비놈들을 내가 그
냥 봐주고 있는 것이다.**

다시 이어진 음성과 함께 이제 멀쩡히 두 발로 선 이는
고작 한 손에 꼽을 정도였다.
거기에는 화산파의 도사들 역시 예외가 없었다.

그래, 나 마인이다.
그래서 어쩔 건데? 이 썹새들아!

終章

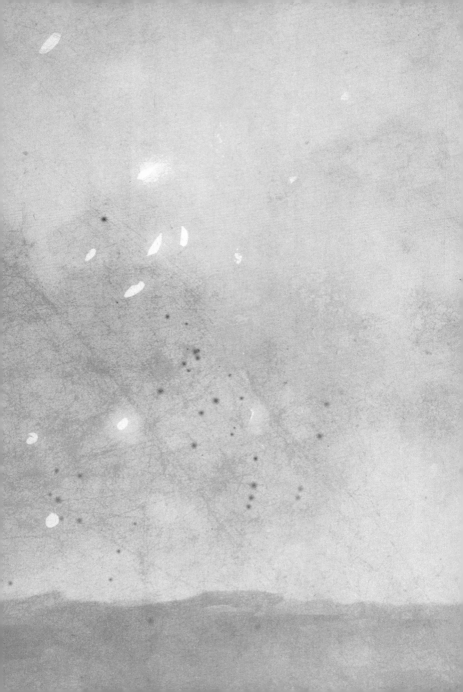

해가 뜨고 지고 계절이 바뀌며 또 세월은 물처럼 끝없이
흘러갔다.

오래전 과거 핏빛으로 물들었던 천야평 가득 초록 풀이
무성하게 자라났으며 이름 없는 들꽃들은 흐드러지게 피어
났다.

우뚝 솟은 화산 연화봉은 청명하고 맑은 하늘 아래 여전
히 고고한 자태를 뽐내고 있었지만, 그 아래 화음현의 모습
은 과거와는 전혀 딴판이 되어 있었다.

여느 대도시나 성도 못지않게 번화하게 변했으며 높다란

전각들이 곳곳에 즐비했고 거리는 오가는 사람들로 끝도 없이 분주했다.

삼삼오오 모여든 상인들은 물론 말과 수레에 짐을 가득 실은 상행의 무리를 보는 일은 이제 화흠현에서 일상이나 다름없는 일이었다.

그 화흠현의 저자 가운데 위치한 연화객잔 안에서 할아버지와 손자로 보이는 두 사람의 두런두런한 이야기 소리가 들려왔다.

"조부님! 제가 잘할 수 있을까요?"

또랑또랑한 눈을 가진 열 살 어름의 소년이 걱정 가득한 얼굴로 묻자, 맞은편 중후한 기품을 지닌 초로인이 입가에 미소를 가득 지었다.

"원 녀석! 별 걱정을 다 하는구나."

"하지만… 대화산파의 속가제자를 뽑는 대회잖아요. 저는 아직 무공이 약해서……."

"허헛! 청아원에 들기 위해서 필요한 것은 무공이 아니란다."

"넷? 그럼요?"

"물론 자질을 따지기는 하지만, 그보다는 성품을 보지."

"성품이요? 바른 마음가짐이 중요하단 것이죠?"

소년이 알겠다는 듯 고개를 끄덕이자 노인이 한마디를

더했다.

"뭐, 그것보단 독기지."

"넷?"

"달리 근성이라고 한다. 아무튼 그런저런 걸 본단다."

"……."

"운이 너는 너무 올곧아 본산에서 좀 독하게 배워야 해. 그래서 속가로 들여보내는 게다."

초로인의 음성은 인자했지만 소년은 당최 알 수 없는 말에 고개만 갸웃거릴 뿐이었다.

창밖으로 우뚝 솟은 연화봉을 쳐다보는 소년의 얼굴에 걱정이 한가득 찾아든 모습이었다.

그러다 소년이 문득 무언가 떠올린 듯 노인을 향해 물었다.

"그런데 조부님, 저도 검신(劍神) 사조님을 직접 볼 수 있을까요?

"하하하하! 걱정 말거라. 이 할아비가 그분과 엄청 친하단다."

"넷? 저…정말로요?"

소년은 너무나 놀란 눈이었다.

당대의 검신 신웅담!

천하제일인으로 추앙받는 검신 사조는 강호인이나 세인

들에게 그저 신선처럼 여겨지는 전설적 인물이었다.

그 검신 사조와 자신의 할아버지가 친하다는 말에 소년은 흥분을 도저히 주체하지 못하는 모습이었다.

노인은 그런 소년을 보며 피식하고 웃어 보였다.

옛날 생각이 나서였다.

노인 역시 과거 화산을 처음 찾았을 때가 떠올랐다.

그때도 화산에는 검신이 있었다.

그리고 그 검신이 지금의 화산을 만들었고 지금의 강호를 만들었다.

주마등처럼 흘러간 지난 세월에 빠진 노인을 향해 소년의 목소리가 이어졌다.

"그런데 정말이에요?"

"……?"

"큰 조부님이랑 조부님께서 화산파를 구하기 위해 일만 명이 넘는 적과 싸웠다는 이야기요."

"일만? 누가 그리 허풍을 치더냐?"

"허풍이요? 설검대주가 그러던데요? 그때 우리 설매산장의 무사도 많이 죽었다고……."

"크흠. 그때 형님과 이곳에 온 건 사실이다. 저기 천야평 가득 화산파를 겁박하는 적이 몰려든 것도 사실이고."

"와!"

"하지만 운아! 우리는 그냥 싸운 것뿐이다. 지금의 화산은 오직……."

노인이 된 설매산장의 은호열, 그 눈가로 수십 년이 지나도 도저히 잊을 수 없는 얼굴 하나가 스쳐 갔다.

커다란 도끼를 등에 걸치고 자신을 향해 해죽 웃던 앳된 얼굴.

"네? 뭐요?"

"아니다. 할아비가 괜한 소리를 했다."

"진짜 궁금해요, 할아버지."

소년이 살갑게 응석을 부려보지만 노인의 얼굴이 일순간 딱딱하게 굳어졌다.

"운아!"

조부의 눈빛과 얼굴이 달라지자 소년의 표정에도 갑자기 긴장감이 서리기 시작했다.

평소 인자하기만 한 조부였지만 이런 표정을 지을 때는 반드시 따라야 한다는 것을 알기 때문이었다.

"명심해라. 본산에 입산한다 해도 과거는 절대 언급해선 안 된다. 특히 천야평 혈사에 관련된 일은!"

"네에……?"

"그 일과 그 이름을 언급하는 것은 화산파뿐 아니라, 이 강호를 사는 모든 문파와 무인들의 금기다. 절대로 깨져서

는 안 되는!'

잔뜩 굳은 은호열의 목소리.

소년은 도저히 이해가 안 된다는 표정으로 커다란 눈망울을 끔뻑거렸지만 그렇다고 감히 되물을 수 없었다.

조부의 굳어버린 얼굴이 너무나 낯설고도 두렵게 느껴졌기 때문이었다.

그때였다.

"하하하하! 이 친구! 뭘 그리 겁을 주는가?"

객잔 안으로 들어오는 누군가의 목소리에 초로인의 눈이 동그랗게 변했다.

기다란 흑염을 멋스럽게 기른 또 다른 초로인이 막 객잔 안으로 들어온 것이다.

얼굴을 가로지른 희미한 칼자국만 아니라면 조정의 높은 관리 같은 인상을 지닌 노인이었다.

"홍 방주가 아닌가?"

은호열이 놀라 목소리를 높이는 사이 칼자국 노인을 따라 중년 사내와 다섯 살 어름의 꼬마 하나가 뒤따라왔다.

"꼭 십 년 만이군. 군자검(君子劍), 그 친구와는 몇 해 전 한번 손을 겨루긴 했는데 말일세."

칼자국 노인이 일행과 함께 다가오자 은호열이 일어섰고 덩달아 소년도 긴장한 표정으로 자리에서 일어섰다.

자신의 큰 조부인 군자검 은호청은 북칠검(北七劍)으로 불리는 강호 최강의 검객 중 한 명이었다.

거기다 산서제일검으로 칭해지며 지금의 설매산장을 산서제일장원으로 우뚝 세운 실로 위대한 검객이었다.

그런 큰 조부와 따로 비무를 할 정도의 인물에다 설매산장의 전대 가주인 자신의 조부와 인사를 나눌 신분이라면 대단한 인물인 것은 두말할 나위가 없었다.

"운아! 인사드려라. 흑야(黑夜) 홍 장주님이시다."

"으헉!"

소년이 소스라치게 놀랐다 서둘러 예를 갖췄다.

"안… 안녕하십니까."

흑야 홍화순, 어린 소년의 귀에도 딱지가 앉을 정도로 자주 들은 이름이었다.

밤무림의 지배자인 흑룡방의 주인 흑야. 중원 상권의 절반을 움켜쥐고 있으며, 남천팔강(南天八强)라 불리는 강남팔대고수 중 하나라는 것이 바로 흑야라는 별호의 의미였다.

그런 엄청난 존재를 직접 눈앞에서 본 소년은 얼른 다시 자세를 바로 했다.

"설매산장의 은강운이라 합니다."

소년을 본 칼자국 노인 홍화순이 만면에 미소를 지으며

뒤따라온 일행을 향해 돌아섰다.

"너희도 인사해라. 설매산장의 전대 가주님이시다."

"일심관의 관주 홍이진이 삼우검 (三友劍) 은호열 어르신을 뵈옵니다. 이 아이는 제 자식 놈입니다."

중년인을 따라 온 어린 꼬마가 은호열을 향해 공손하게 머리를 숙였다.

군자검 은호청과 삼우검 은호열은 따로 산서이검으로 불리며, 그 명성이 장강 이남까지 자자한 고수들이었다.

더구나 산서이검은 형제간의 우애가 남달라 형은 동생에게 장주의 자리를 거리낌 없이 양보했고, 동생은 검에 빠진 형을 대신해 설매산장을 산서제일의 문파로 우뚝 세우는데 평생을 쏟아부었다.

그 둘의 일화는 훈훈한 미담이 되어 아직까지도 설매산장의 성세와 함께 세인들에게 누누이 회자되고 있었다.

"어려 보이는데? 벌써 입문시키려고?"

은호청이 고개를 갸웃거리며 되묻자 홍화순이 피식 웃었다.

"속가가 아니라 본산에 입적시킬 생각일세."

"으응?"

"과거의 은혜를 갚아야지. 게다가 나는 자식이 많지 않은가."

"하하하, 자네 내외 금슬이야 산서에까지도 들려오지."

은호열이 기꺼운 모습으로 대답하자 홍화순이 옆에 선 자식과 손주를 흘겨봤다.

"금슬은 무슨! 고 여편네 떼어내고 오느라 죽는 줄 알았네."

"하하하하! 자네 내자 성격은 여전한가 보군."

"쯧! 한평생 후회하는 두 가지 일 중 하나가 바로 마누라를 얻은 일일세. 내가 미쳤지! 그때 눈에 뭐가 씌웠던 거야!"

"으하하하하하!"

홍화순의 푸념에 은호열은 객잔이 떠나가라 웃음을 터뜨렸다.

천야혈전이라 기록된 대회전 끝나고 두 해가 지나 홍화순은 화소옥과 혼인했다.

그렇게 흑회와 보화전장이 병합되며 흑룡방이 탄생했고 그 발판은 지금의 흑야 홍화순을 있게 만들었다.

"이럴 게 아니라 본산에 오르면서 천천히 이야기 하세. 송 장문인은 잘 계시려나?"

"이 친구는! 금분세수를 벌써 여러 해 전에 하셨는데 소식도 못 들었나? 자네 너무 산서 땅에만 처박혀 있는 것 아닌가?"

"헉! 진짜 몰랐네."

"농일세, 농이야! 본산은 본래 조용하지 않는가. 나도 소문으로 들었어. 지금은 조세걸이가 장문인이고 매화검수장은 양소호 그 아이라네."

"하아~! 참, 세월이 빠르긴 빠르구먼."

"그러게, 눈 감았다 뜨니 사십 년이 흘러 버렸어……."

홍화순과 은호열이 두런두런 앞서 나가자 그 식솔들은 서둘러 뒤를 따랐다.

산책하듯 천천히 화흠현 저자를 빠져나온 두 사람은 천야평에 도달하자 약속이나 한 듯 멈춰 섰다.

잠시 말없이 연화봉을 올려다보는 두 사람의 표정이 너무나 쓸쓸해 보였다.

"함께 떠나지 못한 것을 후회하는가?"

"…자네도?"

"어쩔 수 없었지. 형님과 나는 설매산장을 재건해야 했으니."

"……."

은호열도 홍화순도 더 이상 말을 이어가지 못했다.

한 해만 더 지나면 정말로 꼬박 사십 년이 되지만 떠난이들은 아직도 돌아오지 않았다.

"잘들 계실까?"

"글쎄… 그래도 그분께 무슨 일이 생긴다는 건 상상이 안 되질 않는가?"

"하긴… 세상 끝… 지금쯤은 보셨으려나……."

"뭐, 아무도 알아보는 사람이 없을 때쯤 다시 오시려나?"

"하하하하! 그러실 테지."

"이만 올라가세."

홍화순과 은호열은 다시금 입가에 함박웃음을 지으며 천야평을 향해 발을 내디뎠다.

화산의 초입까지 도달한 두 사람의 얼굴은 수십 년 만에 고향을 다시 찾은 이처럼 포근한 미소로 가득했다.

*　　　*　　　*

엄청난 크기의 배 한 척이 유유히 바다 위를 가로질렀다.

여인의 치마폭을 덧대놓은 듯한 수십 개의 돛이 잔뜩 달린 거대한 배였다.

새하얀 돛 가운데마다 붉은색 십자가가 커다랗게 새겨져 있는 배였다. 배의 갑판 옆구리엔 화포까지 줄지어 장착된 범선이었다.

그런 큰 배의 위용과 달리 선상에 널브러진 선원들은 피죽도 한 그릇 제대로 못 먹은 얼굴들을 하고 있었다.

금발에 푸른 눈을 가진 색목인 선원들은 죄다 곧 쓰러져 죽을 것 같은 표정이었다.

입술이 바짝 말라 가뭄 뒤의 땅처럼 쩍쩍 갈라진 황금색 머리칼의 선원 하나가 뱃머리에 기대 퀭한 눈으로 바다 끝을 응시하다 화들짝 놀라 머리를 치켜들었다.

망망대해 끝에 삐죽 솟아난 육지를 본 것이다.

"Captain! Captain!"

순간 널브러졌던 선원들이 하나둘 고개를 쳐들었다가 육지를 발견하고 미친 듯이 환호하기 시작했다.

"Jesus!"

"Oh~! God!"

"Oh! Oh! Oh my God!"

선원들이 서로를 부둥켜안고 미친 듯이 소리치는 그때 선실 문이 벌컥 열렸다.

"왜 이리 시끄러!"

"……!"

"……!"

날뛰던 선원들이 일제히 움찔하더니 자물쇠를 채운 것처럼 입을 닫아버렸다.

선실 안에서 나온 이는 당장 관작 안에 누워야 할 것 같은 꼬부랑 노인이었다.

하지만 색목인 선원들은 그 노인이 얼마나 무서운지 너무나 잘 아는 얼굴이었다.

 선원 중 하나가 조심스럽게 손끝을 가리키자 노인의 눈이 번쩍하고 치켜떠졌다.

 "잉? 육지?"

 노인 역시 크게 놀란 얼굴로 선실 안을 향해 소리쳤다.

 "나와보십시오! 육지입니다. 중원입니다. 드디어 중원! 크흐흑!"

 노인 역시 순식간에 온갖 감정이 복받쳐 오는 듯 눈가에 눈물이 고여 버렸다.

 노인의 목소리를 듣고 가장 먼저 갑판으로 나온 이는 희끗한 머리칼의 중늙은이였다.

 발걸음을 옮길 때마다 철컹거리는 쇳소리가 나는 중늙은이 역시 바다 끝에 삐죽 솟은 땅을 보며 순식간에 그렁그렁 눈물을 쏟아냈다.

 "운산아! 드디어 중원이다. 크흑!"

 "육조 어르신! 흑!"

 육조와 반운산이 서로 얼싸안은 채 점점 가까워지는 육지를 지켜봤다.

 만감이 교차할 수밖에 없는 두 사람이었다.

 무려 사십 년 만이었다.

사정은 전혀 달랐지만 어쨌든 염호를 따라나설 때만 해도 이렇게까지 긴 세월이 걸릴 줄은 상상도 하지 않았다.

그냥 서역 구경이나 한 번 간다고 생각했으니……

평생 종으로 살겠다고 약속한 육조야 어쩔 수 없다지만, 세상을 구한 염호에게 자신이라도 은혜를 갚겠다고 나선 길이었다.

반운산과 육조는 삼목신안의 거처에서 천마나 흑제에 얽힌 모든 비밀을 소상히 알 수 있었다.

영생불사의 존재 천마.

그에 대한 믿지 못할 기록들이 그곳에 있었다.

더불어 그를 제거하기 위해 마지막 싸움에 임했던 이들의 기록도 남겨져 있었다.

그중 화산의 검신 한호가 있다는 것은 반운산에게 무한한 긍지이며 자부심이었다.

신수궁의 취벽선자, 천사맹주 귀성, 그리고 삼목신안.

그들 넷이 천마의 영혼을 봉인하기 위해 나선다는 마지막 기록이 그곳에 남겨져 있었다.

천야평 혈사가 끝난 이후 반운산은 그 같은 사실을 두루 알렸고 한동안 많은 이가 천마의 준동을 대비하기 위해 골머리를 맞댔다.

그러다 알게 됐다.

염호가 귀해도를 벌써 찾았고 환혼주 또한 바닷속 깊은 곳에 수장시켰다는 사실을.

강호는 이미 염호가 구해 버린 것이다.

마인이 구한 세상.

그리고 마인이 존재하는 화산.

하지만 누구도 그 마인을 떠받들 수는 없는 때였다.

그래서 따라나선 것이다.

그 고마움을 자신이라도 홀로 갚아야 한다고 반운산은 염호를 따랐다.

"쩝~! 걱정 마라, 이놈들아! 나 간다. 나랑 같이 세상 끝까지 놀러 갔다 올 사람?"

그때는 서슴없이 선택했다. 그리고 그때는 이렇게 오래 걸릴 줄 상상도 하지 못했다.

하지만 결국은 돌아왔다.

평생 이역을 떠돌며 온갖 모험과 고생을 하면서도 늘 그리웠던 사문으로 드디어 돌아올 수 있게 된 것이다.

그런 반운산과 육조가 감회에 젖어 얼싸안고 있는 그때 선실 안에서 또 다른 백발의 노인 하나가 걸어 나왔다.

허리춤에 서역에서 쓰는 커다란 칼을 차고 있는 건장한

덩치의 노인이었다.

야도 이화룡.

그 또한 바다 끝에 솟은 육지를 뚫어져라 쳐다본 뒤 툭 하고 한마디를 뱉었다.

"중원에는 과연 지천(止天)을 받아줄 적수가 있을까?"

파천십이결로는 염호에게 어림도 없다는 것을 깨달은 야도는 끝끝내 염호의 곁을 떠나지 못했다.

그는 결국 함께 배를 탔고 도의 끝이라는 지천까지 완성했다.

하늘을 멈추게 한다는 천고의 도법, 지천. 하지만 그러면 뭐하겠나.

지천을 얻었다고 염호를 이길 수는 없는 것을.

또한 앞으로도 영원히 이길 수 없을 것이라는 사실만을 지난 세월 동안 깨달았다.

끝없이 부딪쳐 깨지고 나서야 이젠 더 덤벼볼 이유조차 없다는 것을 완벽히 인정한 것이다.

그러니 염호를 빼고 다른 누군가를 애타게 찾았다.

한 가지 확실한 건, 야도에게는 염호 말고 누구라도 원 없이 싸워줄 이가 절실하단 사실이었다.

그런 때 중원에 돌아오게 되었으니 야도 또한 새로운 강자를 만날 수 있다는 설렘으로 가득했다.

그때였다.

"하아암~! 진짜 중원이야?"

선실에서 이제 스물 정도로 보이는 헌앙한 청년 하나가 늘어지게 하품을 하며 걸어 나왔다.

사십 년이 흘렀지만 네 살쯤 더 먹은 것처럼 보이는 염호였다.

염호는 살짝 인상을 찌푸리더니 눈을 치켜떴다.

"저기가 중원?"

"……!"

"……!"

"자기야! 나와봐!"

염호가 목소릴 높이자 선실 밖으로 천상의 선녀 같은 모습에 농염함까지 겸비한 절색의 여인 하나가 나섰다.

풍만한 가슴골이 반쯤 드러난 서역의 궁중 예복을 입은 여인이었다.

그녀는 염호나 다른 이의 눈치도 보지 않고 염호의 허리춤을 살포시 껴안으며 가볍게 품에 머리를 기댔다.

"중원에 저런 산이 있어?"

염호의 물음에 여인이 고개를 갸웃하더니 눈을 가볍게 치떴다.

"중원 땅이 아니네요."

"응?"

"저기 저쪽, 안 보이세요?"

"뭐? 어디?"

"저 끝에 말 탄 애들 말이에요."

염호가 살짝 인상을 찌푸리더니 눈빛이 변했다.

"아! 머리에 이상한 깃털 잔뜩 달고 있는 애들? 호오? 도끼를 써?"

염호의 입가에 묘한 미소가 걸리는 그때 여인이 염호의 품에 풀썩 파묻혔다.

"가가! 전 어디라도 상관없어요. 가가와 함께라면."

"크흐음! 쩝~! 애들 보는데……."

"뭐 어때요! 우리 다시 들어갈까요?"

"어흠흠! 그… 그럴까!"

여인이 염호와 선실로 묘한 분위기를 풍기며 쌩하니 들어가는 그때 육조와 반운산은 혼이 빠져 버린 얼굴이었다.

중원이 아니라니.

중원이 아니면 저 땅은 대체 어디란 말인가!

망연자실 완전히 넋이 나가 버린 두 사람과 달리 야도의 얼굴은 소태를 씹은 것처럼 잔뜩 일그러져 있었다.

야도가 느닷없이 등 뒤의 도를 획 하고 뽑아 들었다.

"연! 산! 홍!"

야도가 조금 전에 염호와 함께 선실로 들어간 연산홍을 소리쳐 불렀다.

두 해 전 먼저 반로환동을 해버린 그녀였다.

염호가 거의 매일같이 달라붙어 악착같이 돕더니 결국 그렇게 되었다.

온통 시꺼먼 피부의 사람들만 사는 검은 대륙에서의 일이었다.

실력은 분명 자신이 연산홍보다 훨씬 윗줄이었다.

그런데 반로환동은 연산홍이 먼저 했다.

뭐, 염호가 천래궁에 붙잡혀 있던 아비 연경산을 구해내 준 건 세상이 다 아는 사실이니 언급할 필요도 없었다.

그 고마움에 그녀가 염호를 따라나선 것도 이해할 수 있는 일이었다.

하지만 정말 화가 나는 건, 이십 년 전부터였다.

둘이 그렇고 그런 사이가 됐다는 것이다.

결국은 반로환동까지… 오직 염호가 시켜 버렸다.

그 세월 동안 참고 참았던 야도의 울화가 한꺼번에 터져 나왔다.

"연산홍! 너하고라도 한판 붙어야겠다."

야도의 목소리에 범선의 돛이 크게 휘청거리며 펄럭이는 그때였다.

슝!

선실에서 검은 벼락이 쏘아져 야도 얼굴에 꽂혀왔다.

캉!

파천도를 들어 간신히 막아내긴 했으나 야도의 신형은 그 충격을 못 이기고 그대로 바닷물까지 튕겨 풍덩 빠져 버렸다.

물에 빠진 생쥐 꼴로 수면 위로 고개를 내민 야도를 향해 염호의 나직한 목소리가 내리꽂혔다.

"붙긴 뭘 붙어?"

"……."

"니들은 왜 또 그렇게 죽상이야? 때 되면 어련히 알아서 돌아갈까!"

"……."

"……."

『마 in 화산』 완결

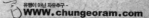

천산루

FANTASTIC ORIENTAL HEROES

조돈형 新무협 판타지 소설

『궁귀검심』, 『장강삼협』의 작가 조돈형
그가 그려내는 새로운 이야기!

무림삼비(武林三秘)
천외천(天外天), 산외산(山外山), 루외루(樓外樓).

일외출(一外出), 군림천하(君臨天下)!
이외출(二外出), 난세천하(亂世天下)!
삼외출(三外出), 혈풍천하(血風天下)!

가문의 숙원을 위해, 가문을 지키기 위해
진유검, 무림의 새로운 질서를 세우다!

Book Publishing CHUNGEORAM